融合語

❤ 實用

U0082986

DATING ABC
約會 生活會話 美語

Merry Lu 著

廖勇誠、林大田 審訂

作者的話

　　美語和中文已經是全世界的五大語言，尤其不會美語更是寸步難行，我希望能改變大家對於實用美語的刻板印象，並將美國的文化與幽默帶入我們的日常生活中，透過簡單、有趣、浪漫而實用的方式學習美語，而不需要以複雜困難的文法來學習！

　　透過本書，讓我們從輕鬆且幽默易學的字句開始學習，再把每天學會的美語實際運用在日常生活中。可以和你的親密愛人或好友互動及約會，真是實用又有趣的一本書。一天一句，你的美語就在不知不覺中進步了。遇到外國人，你再也不用緊張的說不出話來，甚至可以輕鬆說笑，並且更了解美國文化和幽默。這本實用會話絕不是呆板而過時的英文，而是可以讓你沉浸在浪漫和生動有趣的約會交往情境中，輕鬆愉快地學習與吸收最酷的美語！

　　藉此，特別感謝我們的黃金獵犬 Cherry 替所有毛小孩代言，她要告訴我們：『每一位毛小孩都是一條生命，所以不要以為牠們是動物就要欺負牠們，牠們其實是很聰明、有感覺、感情的。』所以請大家以『認養代替購買』，今天就去您當地的動物收容所或中途之家，救救一個小生命。給牠們希望！讓我們大家明天會更好！

　　另外，從國外來到台灣看不懂中文的朋友，往往在台灣卻找不到最實用且生活化的約會交往中文會話書，本書精心附上漢語拼音、中文及美語，可以很容易透過本書學習中文喔！相信這是一本對於台灣民眾與外國人都非常實用的會話書。

In addition, to all my foreign friends visiting or living in Taiwan that cannot understand Mandarin Chinese and who have continuously searched but cannot find a suitable book explaining daily conversation, common expressions used in meeting/dating, look no further. I've combined Pinyin, Chinese and English together for easy learning and comprehension for Chinese language learners. I believe my book is a must-have and an invaluable language tool for not just my foreign friends, but for my Taiwan friends as well.

Mersey Lu

Contents

第一篇　認識

GETTING TO KNOW
EACH OTHER

1. NICE TO MEET YOU
很高興認識你

I happen to bump into Merry.
我碰巧遇到了瑪莉。
wǒ pèng qiǎo yù dào le mǎ lì.

Haven't we met before?
我們是不是有見過？
wǒ men shì bú shì yǒu jiàn guò?

Allow me to introduce myself.
請讓我自我介紹。
qǐng ràng wǒ zì wǒ jiè shào.

What is your name?
妳叫什麼名字？
nǐ jiào shén me míng zi?

My name is Merry.
我的名字是瑪莉。
wǒ de míng zi shì mǎ lì.

What do you go by?
怎麼稱呼你？
zěn me chēng hū nǐ?

I go by Steve.

我叫史提夫。

wǒ jiào shǐ tí fū.

How do you do!

你好！（＊第一次見面時用）

nǐ hǎo!

It's nice to meet you.

很高興認識你。

hěn gāo xìng rèn shì nǐ.

It's a real pleasure.

真的很榮幸。

zhēn de hěn róng xìng.

Me too.

我也是。

wǒ yě shì.

Likewise.

我也一樣。

wǒ yě yí yàng.

I've heard so much about you.

我聽說很多關於你的事。

wǒ tīng shuō hěn duō guān yú nǐ de shì.

I have been dying to meet you.

我很想認識你。

wǒ hěn xiǎng rèn shì nǐ.

2. WHAT'S UP
你好

What's up?

怎麼樣了？/ 你好！

zěn me yàng le? / nǐ hǎo!

what's up

比較輕鬆、口語化的問候，What's up? = What's going on? = What's happening? 尤其與熟人打招呼時多用 what's up 問對方近來怎樣？有什麼事嗎？已經變成像「Hello!」的味道了。所以下次看到不認識的外國人時，可以直接對他說「Hey! What's up?」然後輕鬆的離開就可以了，不需要等他回答。但如果他也回問你「What's up?」表示他也親切的和你問候說「Hello!」通常如果沒什麼事就可以回說「Not much.（沒什麼太多新鮮事）」。

「What's up?」也常被用來問人家有什麼事？怎麼啦？例如有人登門拜訪，你就會說「What's up?」有何貴事啊？在美國應用的很廣，各位一定要熟記才是。

How was your day?

你今天過的如何？

nǐ jīn tiān guò de rú hé?

Same old, same old.
老樣子囉！
lǎo yàng zi lou!

What are you doing today?
你今天做些什麼？
nǐ jīn tiān zuò xiē shén me?

Like you care!
別假裝你在乎！
bié jiǎ zhuāng nǐ zài hū!

Don't talk to me if you don't have something to say.
不要跟我說話，如果你沒有什麼好說的。
bú yào gēn wǒ shu huà, rú guǒ nǐ méi yǒu shén me hǎo shu de.

What are you up to (for) today?
你今天想做些什麼？
nǐ jīn tiān xiǎng zuò xiē shén me?

What are you up to?
你最近都在忙什麼？
nǐ zuì jìn dōu zài máng shén me?

How have you been?
最近過的好嗎？
zuì jìn guò de hǎo ma?

What has been keeping you busy?

你都在忙些什麼？

nǐ dōu zài máng xiē shén me?

A little of this, a little of that.

東忙西忙的。

dōng máng xī máng de.

How's it going?

一切都好嗎？ / 近來好嗎？

yí qiè dōu hǎo ma? / jìn lái hǎo ma?

Nothing special!

沒什麼特別的！

méi shén me tè bié de!

Not much.

不多。

bù duō.

Nothing really.

沒什麼。

mé shén me.

Fantastic!

太好了！

tài hǎo le!

3. WHAT DO YOU DO
你做什麼工作

What do you do?
你是做什麼工作？
nǐ shì zuò shén me gōng zuò?

What's your job?
你從事什麼職業呢？
nǐ cóng shì shén me zhí yè nē?

What's your job like?
你的工作好不好？/ 你的工作性質是什麼？
nǐ de gōng zuò hǎo bù hǎo? / nǐ de gōng zuò xìng zhí shì shén me?

what's your job 如果後面加 like（像，喜歡）會變成你在問人工作性質，像：『你每天工作都在做些什麼？』另一種是：『你的工作好不好？』『 你喜歡你的工作性質嗎？』要看情況問，所以回答也會有所不同。

What type of work do you do?
你做哪方面的工作？
nǐ zuò nǎ fāng miàn de gōng zuò?

Are you currently employed?

你現在有工作嗎？

nǐ xiàn zài yǒu gōng zuò ma?

What do you do for a living?

你是靠什麼生存的？/ 你如何維持生計？

nǐ shì kào shén me shēng cún de? / nǐ rú hé wéi chí shēng jì?

I work in the family business.

我繼承家業。

wǒ jì chéng jiā yè.

I'm an English teacher.

我是英文老師。

wǒ shì yīng wén lǎo shī.

What kind of teacher are you?

你是哪一類的老師？

nǐ shì nǎ yí lèi de lǎo shī?

What do you teach?

你是教什麼的？

nǐ shì jiāo shén me de?

That sounds like a pretty good job.

聽起來像是個很不錯的工作。

tīng qǐ lái xiàng shì ge hěn bú cuò de gōng zuò.

That is a good job for a lady, isn't it?

那工作對女性來說很好，對不對？

nà gōng zuò duì nǔ xìng lái shuō hěn hǎo, duì bú duì?

You bet. I like it.

的確是，我喜歡。

dí què shì, wǒ xǐ huān.

How are things going at work?

上班上得好嗎？

shàng bān shàng de hǎo ma?

It's not an easy job.

不是個容易的工作。

bú shì ge róng yì de gōng zuò.

That's for sure. But I enjoy doing it.

那倒是，但我做的很愉快。

nà dào shì, dàn wǒ zuò de hěn yú kuài.

How's business?

生意做的如何？

shēng yì zuò de rú hé?

Business is going well.

生意做的不錯。

shēng yì zuò de bú cuò.

Couldn't be better!
好的不得了！
hǎo de bù dé liǎo!

Much better now!
好多了！
hǎo duō le!

Not bad at all.
一點也不差。
yì diǎn yě bù chā.

Really good!　Pretty good!
真的很好！
zhēn de hěn hǎo!

Just okay.
只是還可以。
zhǐ shì hái kě yǐ.

4. WHAT BRINGS YOU HERE
你為什麼來這裡

What brings you here?
什麼風把你吹來了？
shén me fēng bǎ nǐ chuī lái le?

I am on a business trip.
我來出差。
wǒ lái chū chāi.

Are you here alone?
你一個人來嗎？
nǐ yí ge rén lái ma?

Small world. What brought you here?
世界真小。你來這裡做什麼呢？
shì jiè zhēn xiǎo. nǐ lái zhè lǐ zuò shén me nē?

 小叮嚀

What brings you here?

在情境上也可以用 What brought you here? 時態雖
不一樣，但有時情境上通用。同樣在問：『你怎麼
會在這裡？』

I didn' t expect to see you here.

我沒想到會在這裡見到你。

wǒ méi xiǎng dào huì zài zhè lǐ jiàn dào nǐ.

Where are you from?

你從哪裡來？

nǐ cóng nǎ lǐ lái?

I am not from here.

我不是這裡的人。

wǒ bú shì zhè lǐ de rén.

Are you an American?

你是美國人嗎？

nǐ shì měi guó rén ma?

I am a Taiwanese.

我是台灣人。

wǒ shì tái wān rén.

I am a Chinese.

我是中國人。

wǒ shì zhōng guó rén.

I am an American born Chinese (ABC).

我是美國出生的華人（華裔）。

wǒ shì měi guó chū shēng de huá rén (huá yì).

I'm so surprised to see you (here)!
（在這裡）見到你，我真是太驚訝了！
(zài zhè lǐ) jiàn dào nǐ, wǒ zhēn shì tài jīng yà le!

You look surprised.
你看起來很驚訝。
nǐ kàn qǐ lái hěn jīng yà.

I'm just visiting here.
我只是來旅行。
wǒ zhǐ shì lái lǚ xíng.

Do you like Taiwan?
你喜歡台灣嗎？
nǐ xǐ huān tái wān ma?

Welcome to Taiwan.
歡迎到台灣來。
huān yíng dào tái wān lái.

5. WHAT ARE YOU SAYING
你說什麼

What are you saying?

你說什麼？

nǐ shuō shén me?

What are you talking about?

你在說些什麼？

nǐ zài shuō xiē shén me?

I don't understand?

我不懂？

wǒ bù dǒng?

I don't get it.

我不了解。

wǒ bù liǎo jiě.

Can you say it again?

可以再說一遍嗎？

kě yǐ zài shuō yí biàn ma?

Can you speak English?

你會說英文嗎？

nǐ huì shuō yīng wén ma?

When will you be able to help me with my English?
你什麼時候有空可以協助我學英文呢？
nǐ shén me shí hòu yǒu kòng kě yǐ xié zhù wǒ xué yīng wén ne?

I don't speak English / Chinese.
我不會說英語 / 國語。
wo bú huì shuō yīng yǔ / guó yǔ.

I am learning Chinese / Mandarin / English.
我在學中文 / 國語 / 英文。
wǒ zài xué zhōng wén / guó yǔ / yīng wén.

My English / Chinese is not very good.
我的英語 / 中文不是很好。
wǒ de yīng yǔ / zhōng wén bú shì hěn hǎo.

Can you teach me mandarin?
你可以教我國語嗎？
nǐ kě yǐ jiāo wǒ guó yǔ ma?

You can teach me English.
你可以教我英文。
nǐ kě yǐ jiāo wǒ yīng wén.

6. CHECKING HER OUT
看到正妹時

Check out those hotties!

你看那些美女！

nǐ kàn nà xiē měi nǚ!

There are too many pretty girls around here!

這裡有好多美女！

zhè lǐ yǒu hǎo duō měi nǚ!

That girl is sitting there by herself.

那女生一個人坐在那兒。

nà nǚ shēng yí ge rén zuò zài nàr .

Are you going to date her?

你要和她約會（交往）嗎？

nǐ yào hàn tā yuē huì (jiāo wǎng) ma?

Maybe!

也許吧！

yě xǔ ba!

Hello, ladies!

哈囉，小姐們！

hā lóu, xiǎo jiě men!

That girl over there is very good looking!
在那邊的女孩很漂亮！
zài nà biān de nǚ hái hěn piào liàng!

I have got my eyes on her.
我看上她了。
wǒ kàn shàng tā le.

She is a real babe!
她是個大美女！
tā shì ge dà měi nǚ!

 小叮嚀

babe

baby 指小嬰孩，就是寶貝； babe 指美女、辣妹或親愛的也可用， 如同甜心 sweetie、心愛的人 honey 的意思。近來美國人很習慣用這個字，男女都可用，表示親切的稱呼。如果聽到陌生人那麼叫你，也不要想太多， 對方不是真的把你當寶貝才叫你 babe， 只表示對你很親切，但在正式和工作場合或對上司時不適用。

Girl, you look so pretty!
小姐，妳好漂亮！
xiǎo jiě, nǐ hǎo piào liàng!

Mind if I sit next to you?

介意我坐在你旁邊嗎？

jiè yì wǒ zuò zài nǐ páng biān ma?

Nice talking to you.

我和你聊的很開心。

wǒ hàn nǐ liáo de hěn kāi xīn.

You are looking sharp today!

你今天看起來很棒！

nǐ jīn tiān kàn qǐ lái hěn bàng!

Looking great!

這樣很好看！

zhè yàng hěn hǎo kàn!

Nice shoes!

很好看的鞋子！

hěn hǎo kàn de xié zi!

Your outfit is so cute!

你穿的真可愛！

nǐ chuān de zhēn kě ài!

I met a girl last night.

我昨晚遇到了一位女孩。

wǒ zuó wǎn yù dào le yí wèi nǚ hái.

She is attractive.
她好迷人。
tā hǎo mí rén.

Guess how old she is?
你猜她幾歲？
nǐ cāi tā jǐ suì?

How old are you?
你幾歲？
nǐ jǐ suì?

甜蜜小叮嚀

見到男女多多誇讚對方！不論是從頭髮、長相到鞋子都好，那會讓你 / 妳們的約會更加愉快順利喔！看到想要認識的小姐，若馬上開口就問『妳幾歲？』是很沒禮貌的。先適當的給對方一些稱讚和親切的談話，在得到對方的信任後，再問私人問題。會讓她對你更有好感喔！

I wonder if she is single.
不知道她是不是還單身。
bù zhī dào tā shì bú shì hái dān shēn.

I want to talk to you and get to know you.
我想跟你說話和認識你。
wǒ xiǎng gēn nǐ shuō huà hàn rèn shì nǐ.

7. WHAT DO YOU THINK OF ME
你覺得我怎麼樣

What do you think of me?

妳覺得我如何？

nǐ jué de wǒ rú hé?

You seem like a good guy.

你看起來人很好。

nǐ kàn qǐ lái rén hěn hǎo.

guy

唸 [gaɪ] 是男人、男生、傢伙的意思。等同於 man、boy、『buddy、dude（老兄、小伙子）』。

例如：He's a nice guy. 他人很好。= 他是個好男人。

但是如果在 guy 後放上了『s』， guys 那就可以指一群人，不分男女了。

例如：你要和一群人打招呼，不論他們都是男生、都是女生或有男有女，你可以就說 Hey guys!

Could one of you guys help me with this?

你們其中一個人可以來幫我一下嗎？

nǐ men qí zhōng yì ge rén kě yǐ lái bāng wǒ yí xià ma?

Hey guys please help me!
請你們來幫幫我！
qǐng nǐ men lái bāng bāng wǒ!

You're funny.
你很有趣。
nǐ hěn yǒu qù.

You are cool.
你很酷。
nǐ hěn kù.

You are young.
你很年輕。
nǐ hěn nián qīng.

You are old.
你很老。
nǐ hěn lǎo.

You are kinda (kind of) cute.
你還蠻可愛的。
nǐ hái mán kě ài de.

You are very strong.
你很壯。
nǐ hěn zhuàng.

You have kind eyes.
你的眼睛很溫柔。
nǐ de yǎn jīng hěn wēn róu.

That girl I like is a cutie pie.
我喜歡的女孩是個甜心。
wǒ xǐ huān de nǚ hái shì ge tián xīn.

I wanted her the second I laid my eyes on her.
我一看到她就喜歡她了。
wǒ yí kàn dào tā jiù xǐ huān tā le.

My girlfriend is so charming.
我的女朋友很迷人。
wǒ de nǚ péng yǒu hěn mí rén.

She is the hottest person I have ever laid my eyes upon.
她是我看過最辣的人。
tā shì wǒ kàn guò zuì là de rén.

I wanna get with her tonight.
我今晚要追到她。
wǒ jīn wǎn yào zhuī dào tā.

Amazing girl.
了不起的女孩。
liǎo bù qǐ de nǚ há.

That girl over there is a butterface.

她身材好，但臉不好看。

tā shēn cái hǎo, dàn liǎn bù hǎo kàn.

 小叮嚀

butterface

A girl with everything (sexy, hot and nice figure), but her face.

形容一個女生有很好的身材和條件，但長相很抱歉。 美國男生形容女生的這個方法，已經成為最近流行的新單字。

She is pretty ugly.

她真的蠻醜的。

tā zhēn de mán chǒu de.

She has a problem.

她有問題。

tā yǒu wèn tí.

She is insane / psycho.

她有精神病。

tā yǒu jīng shén bìng.

She is crazy.
她很瘋狂。
tā hěn fēng kuáng.

She is a control freak.
她是個控制狂。
tā shì ge kòng zhì kuáng.

She is bossy.
她很霸道。
tā hěn bà dào.

She is shy.
她很害羞。
tā hěn hài xiū.

She is weird.
她很奇怪。
tā hěn qí guài.

She is spoiled.
她很驕縱。
tā hěn jiāo zòng.

She is wild.
她很野。
tā hěn yě.

Stop acting like a spoiled child.

不要表現得像個被寵壞的孩子一樣。

bú yào biǎo xiàn de xiàng ge bèi chǒng huài de hái zi yí yàng.

She is easy going.

她很好相處。

tā hěn hǎo xiāng chǔ.

She is just awesome.

她好讚。

tā hǎo zàn.

She is a big flirt.

她很會賣弄風騷。

tā hěn huì mài nòng fēng sāo.

She is a smart girl.

她是個很聰明的女生。

tā shì ge hěn cōng míng de nǚ shēng.

She rocks my world.

我被她迷住了。

wǒ bèi tā mí zhù le.

8. HOW DO I THINK OF HIM/HER
我覺得他 / 她如何

So tell me about him, is he cute?
跟我說說他吧，他可愛嗎？
gēn wǒ shuō shuō tā ba, tā kě ài ma?

He has a pizza face.
他滿臉痘花。
tā mǎn liǎn dòu huā.

He has a perfect smile.
他有個完美的笑容。
tā yǒu ge wán měi de xiào róng.

He is quite a decent person.
他是個很規矩的人。
tā shì ge hěn guī jǔ de rén.

He is an educated decent man.
他是個有教養的正人君子。
tā shì ge yǒu jiào yǎng de zhèng rén jūn zǐ.

He is not a decent person.
他不是個好貨色。
tā bú shì ge hǎo huò sè.

He is very superficial.
他很膚淺。
tā hěn fū qiǎn.

He is very deep.
他很有深度。
tā hěn yǒu shēn dù.

He is very filial.
他很孝順。
tā hěn xiào shùn.

He is a family-centered person.
他是個顧家的人。
tā shì ge gù jiā de rén.

He is a very attractive man.
他是個很有魅力的男人。
tā shì ge hěn yǒu mèi lì de nán rén.

He is an idol of girls.
他是個大眾情人。
tā shì ge dà zhòng qíng rén.

He is a stingy man.
他是個斤斤計較的人。
tā shì ge jīn jīn jì jiào de rén.

He works very hard.

他在工作上任勞任怨。

tā zài gōng zuò shàng rèn láo rèn yuàn.

He has a good image, temperate, calm and steady personality.

他形象良好，性格溫和且穩重。

tā xíng xiàng liáng hǎo, xìng gé wēn hé qiě wěn zhòng.

He is good at getting along with people and strong affinity.

他善於與人相處，親和力強。

tā shàn yú yǔ rén xiāng chǔ, qīn hé lì qiáng.

He likes to interact with others.

他喜歡與他人交流互動。

tā xǐ huān yǔ tā rén jiāo liú hù dòng.

9. YOU LOOK GOOD
你好正

You look good.
你很正。
nǐ hěn zhèng.

You are hot.
妳好辣。
nǐ hǎo là.

You are beautiful.
妳好美。
nǐ hǎo měi.

You are very handsome.
你好帥。
nǐ hǎo shuài.

You are cute.
你好可愛。
nǐ hǎo kě ài.

You have a beautiful face.
妳有張漂亮的臉蛋。
nǐ yǒu zhāng piào liàng de liǎn dàn.

You are good looking.
妳相當漂亮。
nǐ xiāng dāng piào liàng.

You are a sweet heart.
你真貼心。
nǐ zhēn tiē xīn.

You are sweet.
你真甜。
nǐ zhēn tián.

You have a great smile.
你有很美的笑容。
nǐ yǒu hěn měi de xiào róng.

You have a great sense of style.
你很有品味。
nǐ hěn yǒu pǐn wèi.

She is classy.
她很有氣質。
tā hěn yǒu qì zhí.

She has a very nice figure.
她的身材很好。
tā de shēn cái hěn hǎo.

She is so small and cute.
她好小好可愛。
tā hǎo xiǎo hǎo kě ài.

Absolutely charming!
絕對迷人！
jué duì mí rén!

Perfect woman!
完美的女人！
wán měi de nǚ rén!

She has a nice booty / butt.
她的臀部真美。
tā de tún bù zhēn měi.

You have strong arms and chest.
你的手臂和胸部很壯。
nǐ de shǒu bì hàn xiōng bù hěn zhuàng.

I have been working out.
我一直在健身。
wǒ yì zhí zài jiàn shēn.

10. JUST GO FOR IT
快去追吧

Let's ask her out.

我們去約她出去。

wǒ men qù yuē tā chū qù.

You've been watching that girl for half an hour.

你看了那女生半個小時了。

nǐ kàn le nà nǚ shēng bàn ge xiǎo shí le.

Just go and talk to her.

快去跟她說話吧！

kuài qù gēn tā shuō huà ba!

Come on man! Stop dragging your feet and go for it.

快啦！別拖拖拉拉的，去試試看嘛！

kuài lā! bié tuō tuō lā lā de, qù shì shì kàn ma!

What if she doesn't like me?

她若不喜歡我呢？

tā ruò bù xǐ huān wǒ nē?

Give it your best shot!

盡量一試吧！

jìn liàng yí shì ba!

What's not to like?

有什麼不喜歡的？

yǒu shén me bù xǐ huān de?

Of course she is going to like you.

她當然會喜歡你。

tā dāng rán huì xǐ huān nǐ.

It couldn't hurt to ask.

問沒有什麼不好。

wèn mé yǒu shén me bù hǎo.

I'd like it if we could be friends.

我們如果可以做朋友，我會很開心。

wǒ men rú guǒ kě yǐ zuò péng yǒu, wǒ huì hěn kāi xīn.

Can you show me around?

你能帶我到附近看看嗎？

nǐ néng dài wǒ dào fù jìn kàn kàn ma?

Good or bad timing.

好或壞時機。

hǎo huò huài shí jī.

I'm going out with my friends.

我要和朋友出去。

wǒ yào hàn péng yǒu chū qù.

I am expecting a friend.
我正在等朋友。
wǒ zhèng zài děng péng yǒu.

Make up your mind already.
快點拿定主意。
kuài diǎn ná dìng zhǔ yì.

Just go for it!
就去追吧！ / 去拿吧！
jiù qù zhuī ba! / qù ná ba!

Go get her. / Go and get her.
去追她吧！ / 去得到她吧！
qù zhuī tā ba ! / qù dé dào tā ba!

We go get it. / We go and get it.
我們去得到它吧！
wǒ men qù dé dào tā ba!

Go get it yourself.
你自己去拿。
nǐ zì jǐ qù ná.

You go get it.
你去拿。
nǐ qù ná.

I am gonna go get food (something).

我要去拿 些吃的（東西）。

wǒ yào qù ná xiē chī de (dōng xī).

I got to (gotta) go and get something.

我必須要走了，要去拿東西。

wǒ bì xū yào zǒu le, yào qù ná dōng xī.

got to

最好在口語時唸成 gotta，如同 want to (wanna) 和 going to (gonna)。

Nothing is impossible. If you want it, go for it.

沒有什麼不可能， 如果想要就去做吧。

méi yǒu shén me bù kě néng, rú guǒ xiǎng yào jiù qù zuò ba.

11. WILL YOU BE MY GIRL
妳可以作我的女朋友嗎

Would (Can) you be my girlfriend?
妳可以做我的女朋友嗎？
nǐ kě yǐ zuò wǒ de nǚ péng yǒu ma?

You make me feel so special.
妳讓我覺得很特別。
nǐ ràng wǒ jué dé hěn tè bié.

Because of you I have a reason to live.
因為妳，我有了活下去的理由。
yīn wèi nǐ, wǒ yǒu le huó xià qù de lǐ yóu.

Girl, you should be my girlfriend.
女孩，你應該當我的女朋友。
nǚ hái, nǐ yīng gāi dāng wǒ de nǚ péng yǒu.

Can you handle me?
你能受得了我嗎？
nǐ néng shòu dé liǎo wǒ ma?

Just tell her how much you love her.
只要告訴她你有多麼愛她。
zhǐ yào gào sù tā nǐ yǒu duó me ài tā.

I love you for making me better.

我愛妳，因為妳讓我變得更好。

wǒ ài nǐ, yīn wèi nǐ ràng wǒ biàn de gèng hǎo.

You make me complete.

妳讓我變得完整了。

nǐ ràng wǒ biàn de wán zhěng le.

I had the best weekend because I spent it with you.

因為和你在一起，我有了最棒的週末。

yīn wèi hàn nǐ zài yì qǐ, wǒ yǒu le zuì bàng de zhōu mò.

You're all I ever wanted.

妳是我最想要的。

nǐ shì wǒ zuì xiǎng yào de.

You're everything I want, please be my boo.

你（妳）就是我最想要的，拜託你（妳）當我的男（女）
朋友，好不好？

nǐ jiù shì wǒ zuì xiǎng yào de, bài tuō nǐ dāng wǒ de nán (nǚ)
péng yǒu, hǎo bù hǎo ？

I can't wait to see my boo.

我等不及想要見我男 / 女朋友了。

wǒ děng bù jí xiǎng yào jiàn wǒ nán / nǚ péng yǒu le.

I'm on the phone with my boo.

我正在和我的女 / 男朋友講電話。

wǒ zhèng zài hàn wǒ de nǚ / nán péng yǒu jiǎng diàn huà.

boo

現在年輕人用的很普遍，是非正式用語的男 / 女朋友的暱稱，等同於 girlfriend / boyfriend，也可以是寶貝（親密愛人）的意思。

You are my dream come true.

妳是我的夢中情人。

nǐ shì wǒ de mèng zhōng qíng rén.

12. ARE YOU SEEING ANYONE
你和誰在交往

Are you seeing anyone?

你現在有和誰交往嗎？

nǐ xiàn zài yǒu hàn shéi jiāo wǎng ma?

Who are you dating right now?

你現在和誰在約會？

nǐ xiàn zài hàn shéi zài yuē huì?

 小叮嚀

seeing vs. dating 二者有什麼分別呢？都是有約會交往的意思。

＊ seeing someone：剛剛才開始見對方，還在考慮是否要認真和對方交往的意思，是還沒有正式交往前試探性的交往約會（還沒死會前的）；

＊ dating = in a relationship：死會，已經很認真在交往，已是正式成為男女朋友的關係，不僅只是曖昧而已，而是會互相追問行蹤、想要有一天論及婚嫁的關係。

I have a girlfriend (boyfriend).

我有女朋友（男朋友）。

wǒ yǒu nǚ péng yǒu (nán péng yǒu).

I am taken / not available.

我已經有對象了。

wǒ jǐ jīng yǒu duì xiàng le.

How long have you been checking her out?

你和她約會（交往）多久了？

nǐ hàn tā yuē huì (jiāo wǎng) duō jiǔ le?

We have been dating for 3 weeks already.

我們交往三個星期了。

wǒ men jiāo wǎng sān ge xīng qí le.

ex-girl friend / ex-boy friend

前女友 / 前男友

qián nǚ yǒu / qián nán yǒu

blind date

相親約會

xiàng qīn yuē huì

My friend set me up with a blind date.

我的朋友幫我安排了相親約會。

wǒ de péng yǒu bāng wǒ ān pái le xiàng qīn yuē huì.

two-timer

劈腿

pī tuǐ

love triangle
三角戀
sān jiǎo liàn

I am bisexual.
我是同性戀。
wǒ shì tóng xìng liàn.

I am in between relationships.
我正在面臨抉擇中。(＊指剛分手和新戀情之間的這段時間)
wǒ zhèng zài miàn lín jué zé zhōng.

Can I trust you to keep a secret?
我可以信任你會守秘嗎？
wǒ kě yǐ xìn rèn nǐ huì shǒu mì ma?

Hard enough to find someone good enough.
很難找到合適的人。
hěn nán zhǎo dào hé shì de rén.

You don't even know what you want.
你根本不知道你要什麼。
nǐ gēn běn bù zhī dào nǐ yào shén me.

Who was that you were talking to?
跟你說話的人是誰？
gēn nǐ shuō huà de rén shì shéi?

She's my girlfriend and if you touch her, I will kick you!

她是我的女朋友，如果你碰她，我會踢你！

tā shì wǒ de nǔ péng yǒu, rú guǒ nǐ pèng tā, wǒ huì tī nǐ!

He is my boo.

他是我男朋友。

tā shì wǒ nán péng yǒu.

She is my lover.

她是我的愛人。

tā shì wǒ de ài rén.

That's too bad!

真的太可惜了！

zhēn de tài kě xí le!

But I don't care.

但我不介意。

dàn wǒ bú jiè yì.

She is out of your league.

你配不上她。

nǐ pèi bú shàng tā.

You don't have to say that.

你不用那麼說。

nǐ bú yòng nà me shuō.

Even if you won't tell me, I will know anyway.

就算你不說，我也會知道。

jiù suàn nǐ bù shuō, wǒ yě huì zhī dào.

It's too late anyway.

不管怎麼樣，已經太遲了。

bù guǎn zěn me yàng, yǐ jīng tài chí le.

Anyways, I really have to go.

總之，我真的要走了。

zǒng zhī, wǒ zhēn de yào zǒu le.

 小叮嚀

anyway(s)

這個單字很常用到，加不加 s 都一樣的意思，有反正、至少、無論如何、 總之、就算是等意思。如果放在 thank you、thanks 即謝謝後為 thanks anyways，就是不管怎麼樣，我要謝謝你。表示雖然沒有達到目的，但還是謝謝。

13. RELATIONSHIP
男女關係

I'm in a relationship.

我有在交往的人。

wǒ yǒu zài jiāo wǎng de rén.

I am engaged.

我訂婚了。

wǒ dìng hūn le.

I have a fiance.

我有未婚夫（妻）了。

wǒ yǒu wèi hūn fū(qī) le.

fiance

未婚夫 / 妻，這是從法語來的外來語，英文不分男
女都是 fiance。例如：He is my fiance. 他是我的未
婚夫；I am his fiance. 我是他的未婚妻。字典雖寫
fiance 是未婚夫， fiancee 是未婚妻，但實務上美國
與英國不會那麼用，都是叫 fiance。

I'm single.

我單身。

wǒ dān shēn.

Are you married?

你結婚了嗎？

nǐ jié hūn le ma?

I'm married.

我結婚了。

wǒ jié hūn le.

I'm divorced.

我離婚了。

wǒ lí hūn le.

husband / wife

老公 / 老婆（丈夫 / 妻子）

lǎo gong / lǎo pó (zhàng fū / qī zi)

The relationship between husband and wife is like one of closest friends.

老公和老婆就像是最親密的朋友關係。

lǎo gōng hàn lǎo pó jiù xiàng shì zuì qīn mì de péng yǒu guān xì.

ex-husband / ex-wife

前夫 / 前妻

qián fū / qián qī

We are separated.

我們分居了。/ 我們分開了。

wǒ men fēn jū le. / wǒ men fēn kāi le.

I just ended a 3 years relationship.

我才剛結束了三年的關係。

wǒ cái gāng jié shù le sān nián de guān xì.

I have no luck with relationships. I don't think I'm made for marriage.

我對男女關係無緣，我想我不適合結婚。

wǒ duì nán nǚ guān xì wú yuán, wǒ xiǎng wǒ bú shì hé jié hūn.

It's over.

結束了。

jié shù le.

We are done.

我們結束了。

wǒ men jié shù le.

So what happened to the relationship?

你和你交往的人怎麼了？

nǐ hàn nǐ jiāo wǎng de rén zěn me le?

After six months, I couldn't devote my time to maintain it.
經過了六個月後，我太忙，所以無法維持。
jīng guò le liù ge yuè hòu, wǒ tài máng, suǒ yǐ wú fǎ wéi chí.

Devotion is an important part of a happy relationship.
奉獻對幸福的關係很重要。
fèng xiàn duì xìng fú de guān xì hěn zhòng yào.

In a relationship, you have to open yourself up.
要維持男女關係一定要坦誠。
yào wéi chí nán nǚ guān xì yí dìng yào tǎn chéng.

14. HE IS PLAYING YOU
他在玩你

He is playing you.
他在玩你。
tā zài wán nǐ.

He fell in love with someone else.
他愛上別人了。
tā ài shàng bié rén le.

He was cheating on me.
他劈腿了。 / 他欺騙了我。
tā pī tuǐ le. / tā qī piàn le wǒ.

He is having an affair.
他在搞外遇。
tā zài gǎo wài yù.

That sucks.
太爛了。
tài làn le.

You suck!
你好爛！
nǐ hǎo làn！

I suck!
我真遜！
wǒ zhēn xùn!

suck
雖然是『吸』的意思，但美國人卻常用在罵人『爛』
或『遜』。這是有點幽默但非正式的用字， 在長輩
或上司面前不要用喔！因為是沒禮貌的字。

What the hell did you guys do?
你們到底在搞什麼？
nǐ men dào dǐ zài gǎo shén me?

What the hell!
搞什麼鬼！
gǎo shén me guǐ!

hell
地獄、訓斥、胡鬧、放縱生活、該死、見鬼與失望
等意思，用在句中成為加強語氣和怒火的方法，但
要注意這是在生氣的口氣時才用的。

Dude, you are nasty (awesome) !

老兄，你真噁（棒）！

lǎo xiōng, nǐ zhēn ě (bàng)!

nasty
是很骯髒的、下流的、令人討厭的、惡劣的意思，
但是現在的美國年輕人很喜歡用這個字來比喻『好
酷喔』。

Guess what?

你猜什麼事了？

nǐ cāi shén me shì le?

What?

什麼事？

shén me shì?

I was betrayed by my friend.

我朋友背叛了我。

wǒ péng yǒu bèi pàn le wǒ.

How do you know?

你怎麼知道？

nǐ zěn me zhī dào?

Are you sure?
你確定嗎？
nǐ què dìng ma?

I know so.
我知道是如此。／我確定。
wǒ zhī dào shì rú cǐ. / wǒ què dìng.

I really care about her.
我真的很在乎她。
wǒ zhēn de hěn zài hū tā.

No way!
怎麼可能！
zěn me kě néng!

Do you question her honesty?
你懷疑她的誠實嗎？
nǐ huái yí tā de chéng shí ma?

I would never question her honesty.
我絕不會懷疑她的誠實。
wǒ jué bú huì huái yí tā de chéng shí.

I believe him. I am sure of his honesty.
我相信他，我堅信他為人誠實。
wǒ xiāng xìn tā, wǒ jiān xìn tā wéi rén chéng shí.

15. I DON'T CARE
我不在乎

Your boyfriend is lame.
你的男朋友很差勁。
nǐ de nán péng yǒu hěn chā jìn.

He is a playa.
他很花。
tā hěn huā.

He is so irritating / annoying.
他很討人厭。
tā hěn tǎo rén yàn.

He is easy.
他很隨便。
tā hěn suí biàn.

He is a loser / jerk.
他很差勁 / 混蛋。
tā hěn chā jìn / hún dàn.

He is weak.
他很弱。
tā hěn ruò.

He is weird.

他很怪。

tā hěn guài.

He has bad breath.

他有口臭。

tā yǒu kǒu chòu.

He has an issue.

他有問題。

tā yǒu wèn tí.

He has a bad temper.

他的脾氣不好。

tā de pí qì bù hǎo.

It was hard to look at him without feeling disgusted!

看到他不覺得噁心，很難！

kàn dào tā bù jué de ě xīn, hěn nán!

Get over yourself.

別自以為是。

bié zì yǐ wéi shì.

You're nothing to me.

你對我什麼都不是。

nǐ duì wǒ shén me dōu bú shì.

Don't you have a girlfriend?
你不是有女朋友了嗎？
nǐ bú shì yǒu nǚ péng yǒu le ma?

You look guilty.
你看起來（很）心虛。
nǐ kàn qǐ lái (hěn) xīn xū.

Dude, I don't care.
老兄，我不在乎。
lǎo xiōng, wǒ bú zài hū.

I don't care what people think of him.
我不在乎別人對他的看法。
wǒ bú zài hū bié rén duì tā de kàn fǎ.

It's not my fault.
不是我的錯。
bú shì wǒ de cuò.

I can't help it.
我沒辦法。 / 我無法自制。
wǒ méi bàn fǎ. / wǒ wú fǎ zì zhì.

Love is blind.
愛情是盲目的。
ài qíng shì máng mù de.

Do not be blinded by love.

不要被愛情沖昏了頭。

bú yào bèi ài qíng chōng hūn le tóu.

I came to realize that love is blind.

我了解愛情是盲目的。

wǒ liǎo jiě ài qíng shì máng mù de.

Each person has their own destiny.

每個人有自己的宿命。

měi ge rén yǒu zì jǐ de sù mìng.

16. DEAL WITH IT
整理好你的情緒

Worrying over his job put him under a lot of stress.
他因為擔心自己的工作，承受了很大的壓力。
tā yīn wèi dān xīn zì jǐ de gōng zuò, chéng shòu le hěn dà de yā lì.

Settle down. Don't lose your head (mind).
冷靜點，不要失去理智。
lěng jìng diǎn, bú yào shī qù lǐ zhì.

You must learn to control your temper.
你必須學會控制自己的脾氣。
nǐ bì xū xué huì kòng zhì zì jǐ de pí qì.

Control your emotions and everything will fall into place.
控制自己的情緒，一切都將水到渠成。
kòng zhì zì jǐ de qíng xù, yí qiè dōu jiāng shuǐ dào qú chéng.

Deal with it.
把它處理好。
bǎ tā chǔ lǐ hǎo.

How's your love life?
你的愛情生活如何？
nǐ de ài qíng shēng huó rú hé?

My boyfriend is not at all romantic.

我的男朋友一點都不浪漫。

wǒ de nán péng yǒu yì diǎn dōu bú làng màn.

We have loveless marriage.

我們的婚姻沒有愛情。

wǒ men de hūn yīn méi yǒu ài qíng.

We used to be intimate.

我們曾經很要好。

wǒ men céng jīng hěn yào hǎo.

Now we are almost strangers.

現在我們像陌生人。

xiàn zài wǒ men xiàng mò shēng rén.

It's been really hard for me.

這對我是很困難的時期。

zhè duì wǒ shì hěn kùn nán de shí qí.

I am afraid to fall in love.

我害怕愛上一個人。

wǒ hài pà ài shàng yí ge rén.

Are you really?

說真的嗎？

shuō zhēn de ma?

You are ridiculous!
你太離譜了吧！
nǐ tài lí pǔ le ba!

Get over it!
別想了！
bié xiǎng le!

You haven't met the right person.
你只是還沒遇到對的人。
nǐ zhǐ shì hái méi yù dào duì de rén.

Don't be so picky.
不要那麼挑剔。
bú yào nà me tiāo tī.

I'm very picky.
我很吹毛求疵。
wǒ hěn chuī máo qiú cī.

We've both been cranky and said a lot of things we didn't mean.
剛才我們都是因為脾氣太急躁，才說了一大堆不
該說的氣話。
gāng cái wǒ men dōu shì yīn wèi pí qì tài jí zào,
cái shuō le yí dà duī bù gāi shuō de qì huà.

Why are you so cranky today? Something happened?

你今天怎麼這麼容易生氣？發生什麼事了嗎？

nǐ jīn tiān zěn me zhè me róng yì shēng qì? fā shēng shén me
shì le ma？

What's wrong with you?

你怎麼回事？

nǐ zěn me huí shì?

17. GETTING TO KNOW EACH OTHER
互相認識

What are your hobbies?

你的嗜好是什麼？

nǐ de shì hào shì shén me?

What kind of music do you like?

你喜歡什麼樣的音樂？

nǐ xǐ huān shén me yàng de yīn yuè?

Do you like to swim?

你喜歡游泳嗎？

nǐ xǐ huān yóu yǒng ma?

I like to sing and dance.

我喜歡唱歌和跳舞。

wǒ xǐ huān chàng gē hàn tiào wǔ.

What is your favorite outdoor activity?

你最愛的戶外活動是什麼？

nǐ zuì ài de hù wài huó dòng shì shén me?

I'm not much of an outdoor person.

我不是很喜歡戶外活動的人。

wǒ bú shì hěn xǐ huān hù wài huó dòng de rén.

I can't live without outdoor activities and traveling.

我的生活不能沒有戶外活動和旅遊。

wǒ de shēng huó bù néng méi yǒu hù wài huó dòng hàn lǚ yóu.

I do not like to stay at home all day on the weekends.

我不喜歡週末整天待在家裡。

wǒ bù xǐ huān zhōu mò zhěng tiān dāi zài jiā lǐ.

Can you cook?

你會做菜嗎？

nǐ huì zuò cài ma?

I like Chinese food.

我喜歡中國菜。

wǒ xǐ huān zhōng guó cài.

I like to travel.

我喜歡旅行。

wǒ xǐ huān lǚ xíng.

I like to try everything new.

我喜歡嘗試新鮮事物。

wǒ xǐ huān cháng shì xīn xiān shì wù.

What do your parents do?

你的父母親是做什麼的？

nǐ de fù mǔ qīn shì zuò shén me de?

Where is your family from?
妳的家人來自哪裡？
nǐ de jiā rén lái zì nǎ lǐ?

How many brothers and sisters do you have?
你有幾個兄弟姊妹？
nǐ yǒu jǐ ge xiōng dì zǐ mèi?

Do you have children?
你有小孩嗎？
nǐ yǒu xiǎo hái ma?

I am an only son.
我是獨生子。
wǒ shì dú shēng zǐ.

He is an only child.
他是獨子。
tā shì dú zǐ.

Do you have any pets?
你有寵物嗎？
nǐ yǒu chǒng wù ma?

We have a lot in common.
我們有很多相似。
wǒ men yǒu hěn duō xiāng sì.

We have nothing in common.
我們完全沒有一點相似。
wǒ men wán quán méi yǒu yì diǎn xiāng sì.

Do you believe in love at first sight?
你相信一見鍾情嗎？
nǐ xiāng xìn yí jiàn zhōng qíng ma?

Do you believe in love or soulmates?
你相信真愛或靈魂伴侶嗎？
nǐ xiāng xìn zhēn ài huò líng hún bàn lǚ ma?

What's your religion?
你的宗教信仰是什麼？
nǐ de zōng jiào xìn yǎng shì shén me?

Do you believe in God?
你相信上帝嗎？
nǐ xiāng xìn shàng dì ma?

I am a Christian.
我是基督徒。
wǒ shì jī dū tú.

I'm an atheist.
我是無神論者。
wǒ shì wú shén lùn zhě.

I believe in Buddha.

我是佛教徒。

wǒ shì fó jiào tú.

Religion	宗教	zōng jiào
◎ Buddhism	佛教	fó jiào
◎ Christianity	基督教	jī dū jiào
◎ Confucianism	儒家思想	rú jiā sī xiǎng
◎ Hinduism	印度教	yìn dù jiào
◎ Islam	伊斯蘭教	yī sī lán jiào
◎ Judaism	猶太教	yóu tài jiào
◎ Jainism	耆那教	qí nà jiào
◎ Shinto	神道	shén dào
◎ Sikhism	錫克教	xí kè jiào
◎ Taoism	道教（道家）	dào jiào(dào jiā)

He is very religious.

他很虔誠。

tā hěn qián chéng.

He comes across as a very sincere and religious individual.

他給人的印象是個很虔誠且篤實的人。

tā gěi rén de yìn xiàng shì gè hěn qián chéng qiě dǔ shí de rén.

come across
1. 使人產生某印象，給人的印象，讓人想到；
2. 無意中找到，出現；偶然遇見，碰上，相逢的意思。

例句：

I came across an old friend.

我碰上了一位老朋友。

wǒ pèng shàng le yí wèi lǎo péng yǒu.

He is a very religious person who goes to church every Sunday.

他十分虔誠，每個星期天都上教堂。

tā shí fēn qián chéng, měi ge xīng qí tiān dōu shàng jiào táng.

It is hard for me to reject religious beliefs.

要我拋棄自己的宗教信仰是困難的。

yào wǒ pāo qì zì jǐ de zōng jiào xìn yǎng shì kùn nán de.

You shouldn't mock other people's religious beliefs.

你不應該嘲笑別人的信仰。

nǐ bù yīng gāi cháo xiào bié rén de xìn yǎng.

He has the same religious beliefs as I.

我們有共同的宗教信仰。

wǒ men yǒu gòng tóng de zōng jiào xìn yǎng.

When is your birthday?

你的生日是什麼時候？

nǐ de shēng rì shì shén me shí hòu?

What is your sign?

你的星座是什麼？

nǐ de xīng zuò shì shén me?

Horoscopes	星座	xīng zuò
◎ Aries	白羊座	bái yáng zuò
◎ Taurus	金牛座	jīn niú zuò
◎ Gemini	雙子座	shuāng zǐ zuò
◎ Cancer	巨蟹座	jù xiè zuò
◎ Leo	獅子座	shī zi zuò
◎ Virgo	處女座	chǔ nǚ zuò
◎ Libra	天秤座	tiān chèng zuò
◎ Scorpio	天蠍座	tiān xiē zuò
◎ Sagittarius	射手座	shè shǒu zuò
◎ Capricorn	摩羯座	mó jié zuò
◎ Aquarius	水瓶座	shuǐ píng zuò
◎ Pisces	雙魚座	shuāng yú zuò

18. ASK HER OUT
約她出去

What are you doing this weekend?
你這週末要做什麼？
nǐ zhè zhōu mò yào zuò shén me?

Are you free this weekend?
你這週末有空嗎？
nǐ zhè zhōu mò yǒu kòng ma?

Would you like to go out on a date with me?
你想和我去約會嗎？
nǐ xiǎng hàn wǒ qù yuē huì ma?

Can I ask you out?
我可以約妳出去嗎？
wǒ kě yǐ yuē nǐ chū qù ma?

I am not busy on Saturday, let's meet then.
我星期六沒事，我們那天見面吧！
wǒ xīng qí liù méi shì, wǒ men nà tiān jiàn miàn ba!

I'd like to take you out for dinner and a movie.
我想帶你去吃飯和看電影。
wǒ xiǎng dài nǐ qù chī fàn hàn kàn diàn yǐng.

I am looking for a date.
我在找個可約會的對象。
wǒ zài zhǎo ge kě yuē huì de duì xiàng.

I just thought maybe....
我在想或許 ....
wǒ zài xiǎng huò xǔ....

I like it if you can be my date.
如果你能當我的伴，我會很開心。
rú guǒ nǐ néng dāng wǒ de bàn, wǒ huì hěn kāi xīn.

Would you like to join me? (us?)
你要參加嗎？
nǐ yào cēn jiā ma?

Can Merry come, too?
瑪莉也來可以嗎？
mǎ lì yě lái kě yǐ ma?

Only if you pay.
如果你付錢的話。
rú guǒ nǐ fù qián de huà.

It's on me. / It's my treat.
我請客。
wǒ qǐng kè.

Would you like to come to our party tonight?

今晚要不要參加我們的宴會？

jīn wǎn yào bú yào cān jiā wǒ men de yàn huì?

Merry is comming later on.

瑪莉等一下也會來。

mǎ lì děng yí xià yě huì lái.

I'd really like to get to know you.

我很希望可以認識妳。

wǒ hěn xī wàng kě yǐ rèn shì nǐ.

We should hang out sometimes.

我們有時候可以一起打發時間。

wǒ men yǒu shí hòu kě yǐ yì qǐ dǎ fā shí jiān.

hang out

居住、晾曬的意思，但 let's hang out 別誤會成人家要約你一起居住或曬起來喔！其實這個字還有呆在一個地方或約人一起閒混的意思。這不是正式邀請你去約會的用法，而是比較輕鬆的在約妳一起打發時間， 也是美國年輕人在日常生活中幾乎每天都會用到的片語，但是字典裡卻很難找得到喔！

We can go out sometimes.
我們有時可以一起出去。
wǒ men yǒu shí kě yǐ yì qǐ chū qù.

We will have fun together.
我們會玩的很愉快。
wǒ men huì wán de hěn yú kuài.

What would you like to do?
你想做什麼？
nǐ xiǎng zuò shén me?

Where would you like to go?
你想要去哪裡？（＊禮貌性）
nǐ xiǎng yào qù nǎ lǐ?

Where are you going?
你要去哪裡？
nǐ yào qù nǎ lǐ?

What time should we meet?
我們什麼時候見面？
wǒ men shén me shí hòu jiàn miàn?

Let's meet at around noon!
我們大約中午時候見吧！
wǒ men dà yuē zhōng wǔ shí hòu jiàn ba!

It's a date!

這是個約會囉!

zhè shì ge yuē huì luo!

19. ARE YOU FREE TONIGHT
今晚有空嗎

What's the plan for this evening?

今晚有什麼計劃嗎？

jīn wǎn yǒu shén me jì huà ma?

I am really happy to meet you here tonight.

今晚在這遇到你，我真的很開心。

jīn wǎn zài zhè yù dào nǐ, wǒ zhēn de hěn kāi xīn.

Shall we go get something to eat?

我們去吃點東西好嗎？

wǒ men qù chī diǎn dōng xi hǎo ma?

I will take you to my favorite place.

我會帶你去我最喜歡的地方。

wǒ huì dài nǐ qù wǒ zuì xǐ huān de dì fāng.

Spend time together.

互相陪伴。

hù xiāng péi bàn.

Let's go for a walk.

我們去散步。

wǒ men qù sàn bù.

I like to drink.

我喜歡喝酒。

wǒ xǐ huān hē jiǔ.

I was wondering if you'd like to have a drink with me?

妳願不願意和我去喝一杯？

nǐ yuàn bú yuàn yì hàn wǒ qù hē yì bēi?

Can I buy you a drink?

我可以請你喝酒嗎？

wǒ kě yǐ qǐng nǐ hē jiǔ ma?

Let's go for a drink.

我們去喝一杯。

wǒ men qù hē yì bēi.

Can I buy you a coffee?

我請你喝一杯咖啡吧？

wǒ qǐng nǐ hē yì bēi kā fēi ba?

How do you like your coffee?

你的咖啡要不要加糖或奶精？

nǐ de kā fēi yào bú yào jiā táng huò nǎi jīng?

Maybe we should go out on a date.

也許我們可以去約會。

yě xǔ wǒ men kě yǐ qù yuē huì.

Please!
拜託嘛！
bài tuō ma!

Just two of us.
只有我們兩人。
zhǐ yǒu wǒ men liǎng rén.

Let's have dinner together!
我們一起吃晚餐吧！
wǒ men yì qǐ chī wǎn cān ba!

We can also see a movie.
我們也可以去看電影。
wǒ men yě kě yǐ qù kàn diàn yǐng.

What do you want to see?
你想看什麼電影？
nǐ xiǎng kàn shén me diàn yǐng?

Sure. I will love to.
當然，我很樂意。
dāng rán, wǒ hěn lè yì.

I hope to see you there.
我希望可以在那兒見到你。
wǒ xī wàng kě yǐ zài nàr jiàn dào nǐ.

I'm looking forward to today's date because I think it will be a lot of fun.

我好期待今天的約會，我想一定會非常有趣。

wǒ hǎo qí dài jīn tiān de yuē huì, wǒ xiǎng yí dìng huì fēi cháng yǒu qù.

I am pumped (excited)!

我很興奮！

wǒ hěn xīng fèn!

pumped
是很興奮，同 excited 。也有打氣、 躍躍欲試的意思。

20. CAN I PICK YOU UP?
我可以去接你嗎

Would you like to go for a ride?
你想出去兜風嗎？
nǐ xiǎng chū qù dōu fēng ma?

Hold tight when you ride on the back of that scooter.
你坐在那摩托車的後面時要抓牢。
nǐ zuò zài nà mó tuō chē de hòu miàn shí yào zhuā láo.

Can I pick you up?
我可以去接你嗎？
wǒ kě yǐ qù jiē nǐ ma?

Pick me up at seven o'clock.
七點來接我。
qī diǎn lái jiē wǒ.

pick up
有搭便車、撿起、收集與恢復精神等意思。

pick me up
扶我一把 / 載我一程
fú wǒ yì bǎ / zài wǒ yì chéng

Let's go for coffee, I could sure use a pick-me-up.

我們去喝杯咖啡，我需要一點提神。

wǒ men qù hē bēi kā fēi, wǒ xū yào yì diǎn tí shén.

Can I have a ride home?

你可以送我回家嗎？

nǐ kě yǐ sòng wǒ huí jiā ma?

Please give me a ride.

請送我一程。

qǐng sòng wǒ yì chéng.

I will give you a lift / ride.

我可以送你一程。

wǒ kě yǐ sòng nǐ yì chéng.

Please take me to the MRT station.

請帶我到捷運站。

qǐng dài wǒ dào jié yùn zhàn.

Meet me at the MRT.

和我在捷運站碰面。

hàn wǒ zài jié yùn zhàn pèng miàn.

Where do you live?

你住在哪裡？

nǐ zhù zài nǎ lǐ?

What's your address?
你的住址是什麼？
nǐ de zhù zhǐ shì shén me?

Don't be late!
別遲到！
bié chí dào!

Do you know how to get here?
你知道怎麼來嗎？
nǐ zhī dào zěn me lái ma?

I will find a way.
我會找到方法。
wǒ huì zhǎo dào fāng fǎ.

Just give me the time.
告訴我時間吧！
gào sù wǒ shí jiān ba!

How about six?
六點如何？
liù diǎn rú hé?

Six it is. See you then.
就六點，到時見囉！
jiù liù diǎn, dào shí jiàn luo!

21. GIVE HER A RING
打電話給她

Give her a ring.

打電話給她。

dǎ diàn huà gěi tā.

 小叮嚀

give her a ring
在這裡是指電話鈴聲，可不是給她一個戒指喔！千萬別誤會了！

Can I have your phone number?

我可以有你的電話號碼嗎？

wǒ kě yǐ yǒu nǐ de diàn huà hào mǎ ma?

Can I call you sometimes?

我（有時候）可以打電話給你嗎？

wǒ (yǒu shí hòu) kě yǐ dǎ diàn huà gěi nǐ ma?

Call me please.

請打給我。

qǐng dǎ gěi wǒ.

I will call you later.
我會再打給你。
wǒ huì zài dǎ gěi nǐ.

I will call you as soon as I'm free.
我一有空就會打給你。
wǒ yì yǒu kòng jiù huì dǎ gěi nǐ.

Could I call you when I get back?
我回家後可以打給你嗎？
wǒ huí jiā hòu kě yǐ dǎ gěi nǐ ma?

Can you ask Merry to call me back?
麻煩你請瑪莉回電話給我好嗎？
má fán nǐ qǐng mǎ lì huí diàn huà gěi wǒ hǎo ma?

I will be done in about an hour.
我再一小時就結束了。
wǒ zài yì xiǎo shí jiù jié shù le.

I will still be running a few errands.
我還在辦些事情。
wǒ hái zài bàn xiē shì qíng.

Why haven't you answered my call?
為什麼不回我電話？
wèi shén me bù huí wǒ diàn huà?

Stop calling me!

別再打電話給我了！

bié zài dǎ diàn huà gěi wǒ le!

I need to talk to you.

我需要跟你說話。

wǒ xū yào gēn nǐ shuō huà.

Is that OK for you?

那你方便嗎？

nà nǐ fāng biàn ma?

Please leave a message.

請留言。

qǐng liú yán.

I'm tired of leaving a message.

我厭煩了留言了。

wǒ yàn fán le liú yán le.

Please answer my call!

拜託接我的電話！

bài tuō jiē wǒ de diàn huà!

I will let you know when.

我會讓你知道什麼時候。

wǒ huì ràng nǐ zhī dào shén me shí hòu.

It's time to give her a call.

該打電話給她了。

gāi dǎ diàn huà gěi tā le.

I need to give my girlfriend a call.

我需要打給我的女朋友。

wǒ xū yào dǎ gěi wǒ de nǔ péng yǒu.

I am on my way.

我已經在路上了。

wǒ jǐ jīng zài lù shàng le.

I can hardly hear you.

我聽不清楚你的聲音。

wǒ tīng bù qīng chǔ nǐ de shēng yīn.

Would you speak up?

請你大聲一點好嗎？

qǐng nǐ dà shēng yì diǎn hǎo ma?

Can you hear me now?

可以聽到我嗎？

kě yǐ tīng dào wǒ ma?

Get off the cell phone when you drive.

開車時不要用行動電話。

kāi chē shí bú yào yòng xíng dòng diàn huà.

Stop using your cell phone so much.

不要一直用行動電話。

bú yào yì zhí yòng xíng dòng diàn huà.

I'll text you on the way.

我在路上再撥簡訊給你。

wǒ zài lù shàng zài bō jiǎn xùn gěi nǐ.

I'll call you when I get there.

我到了再打給你。

wǒ dào le zài dǎ gěi nǐ.

22. WE ARE DATING
我們正在交往

So who are you dating right now?
那麼你現在和誰在交往？
nà me nǐ xiàn zài hàn shéi zài jiāo wǎng?

I am dating Dave.
我正在和大衛交往。
wǒ zhèng zài hàn dà wèi jiāo wǎng.

Same guy.
同一個男的。
tóng yí ge nán de.

He is a lot of fun.
他真的很有趣。
tā zhēn de hěn yǒu qù.

We are a couple.
我們是一對的。
wǒ men shì yí duì de.

We are dating.
我們正在交往。
wǒ men zhèng zài jiāo wǎng.

We have been dating for one year already.

我們已經交往一年。

wǒ men jǐ jīng jiāo wǎng yì nián.

I hope it goes well.

我希望會很順利。

wǒ xī wàng huì hěn shùn lì.

So you two are dating?

所以你們在約會嗎？

suǒ yǐ nǐ men zài yuē huì ma?

She and I are going out.

我和她經常出去（約會）。 / 我和她正要外出。

wǒ hàn tā jīng cháng chū qù (yuē huì). / wǒ hàn tā zhèng yào wài chū.

she and I

（她和我）在英文的說法，永遠要把對方擺在前面，先說對方再說自己，例如：Merry and I。還有，要牢記正確的用法是用 I 而不是 me 喔！

She (Merry) and I are not really friends.

她（瑪莉）和我並非真正的朋友。

tā (mǎ lì) hàn wǒ bìng fēi zhēn zhèng de péng yǒu.

It's just a casual date.

只是普通的約會。

zhǐ shì pǔ tōng de yuē huì.

23. DINNER DATE　晚餐約會

Do you wanna go out with me on Saturday?
星期六要不要和我出去？
xīng qí liù yào bú yào hàn wǒ chū qù?

I want to take you out for a romantic night.
我想給你一個浪漫的約會。
wǒ xiǎng gěi nǐ yí ge làng màn de yuē huì.

How about you and I going to a dinner?
你和我去吃個晚餐，如何？
nǐ hàn wǒ qù chī ge wǎn cān, rú hé?

Great! I'll make a reservation right now.
太好了！ 我現在就訂位。（＊可指餐廳或飯店）
tài hǎo le! wǒ xiàn zài jiù dìng wèi.

I made a reservation.
我已經訂位了。
wǒ jǐ jīng dìng wèi le.

Are you ready to order?
你可以點菜了嗎？
nǐ kě yǐ diǎn cài le ma?

How do you like your steak?

你的牛排要幾分熟？

nǐ de niú pái yào jǐ fēn shú?

Let's enjoy our dinner!

我們好好享用晚餐吧！

wǒ men hǎo hǎo xiǎng yòng wǎn cān ba!

Dig in!

開動吧！

kāi dòng ba!

dig in

是掘土，掘進，插入的意思；另一常用的口語說法是『開動』。開動可以指開工掘土或開動用餐，是很輕鬆要人開動吃飯的說法。今天就可以對你的愛人說：

Sweetie, the food's ready, so dig in!

親愛的，吃的弄好了，盡量吃吧！

qīn ài de, chī de nòng hǎo le, jìn liàng chī ba !

I can't wait to dig in.

我真的等不急要開動了。

wǒ zhēn de děng bù jí yào kāi dòng le.

The food looks delicious. Let's dig in!

食物看起來真美味，我們開始吃吧！

shí wù kàn qǐ lái zhēn měi wèi, wǒ men kāi shǐ chī ba!

My girl made me dinner tonight.

我女友今晚幫我做了晚餐。

wǒ nǚ yǒu jīn wǎn bāng wǒ zuò le wǎn cān.

It's nice to have you here.

你能在這兒真好。

nǐ néng zài zhèr zhēn hǎo.

I had a nice time.

我玩的很愉快。

wǒ wán de hěn yú kuài.

I had a lovely night.

今晚很棒。 / 我有愉快的一晚。

jīn wǎn hěn bàng. / wǒ yǒu yú kuài de yì wǎn.

I had fun tonight.

今晚玩的很開心。

jīn wǎn wán de hěn kāi xīn.

What a lovely night.

這是個很美好的夜。

zhè shì ge hěn měi hǎo de yè.

I'm as happy as I can be.

我非常開心。

wǒ fēi cháng kāi xīn.

I'm on top of the world.

我興奮（嗨）到最高點。

wǒ xīng fèn (hēi) dào zuì gāo diǎn.

on top of the world

1. 這句是像 wonderful 的意思，比喻覺得很棒，愉快的，美好的，很光榮的。

2. on top of the world 原是 sitting on top of the world，但是 sitting 通常簡略不說。

Wow, I feel on top of the world since I got a girlfriend.

哇～自從我有了女朋友後，我感到太美好了。

wa ~zì cóng wǒ yǒu le nǚ péng yǒu hòu, wǒ gǎn dào tài měi hǎo le.

Your love's put me at the top of the world.

擁有你的愛，讓我像擁有了全世界。

yǒng yǒu nǐ de ài, ràng wǒ xiàng yǒng yǒu le quán shì jiè.

I am going to take a walk. Do you want to come along?

我要去散步，你要一起來嗎？

wǒ yào qù sàn bù, nǐ yào yì qǐ lái ma?

They look so happy together.

他們看起來很快樂。

tā men kàn qǐ lái hěn kuài lè.

24. I'LL CATCH YOU LATER
我會再見到你

later
等一下的意思，現在也直接當成『掰掰』來用。例如：掛電話前說 later ＝ bye。還有一個最近在美國很流行、最新、最酷的方法說再見，就是 peace 。

peace
原指和平的意思，當要離開一個小 party 或要和人分開時，你可以說 peace，等於『再見』喔！也有要你或大家玩的愉快的意思。

See you later. / Bye now.
等會兒見。
děng huǐ ér jiàn.

See you around.
回頭見。
huí tóu jiàn.

I will catch you later.
我會再見到你。
wǒ huì zài jiàn dào nǐ.

I will be back soon.
我會馬上回來。
wǒ huì mǎ shàng huí lái.

It's late, I must be going.
很晚了，我該走了。
hěn wǎn le, wǒ gāi zǒu le.

Have a good time. Later!
好好玩吧！先走了！
hǎo hǎo wán ba! xiān zǒu le!

Can I take you home?
我可以送你回家嗎？
wǒ kě yǐ sòng nǐ huí jiā ma?

Can we go home?
我們回家好嗎？
wǒ men huí jiā hǎo ma?

Are you ready to go?
你準備走了嗎？
nǐ zhǔn bèi zǒu le ma?

I wanna get out of here.
我想離開了。
wǒ xiǎng lí kāi le.

I wanted to go, but Merry wanted to stay.
我想走，但瑪莉想留下。
wǒ xiǎng zǒu, dàn mǎ lì xiǎng liú xià.

They all went away and left me alone.
他們都走了，只留下我一人。
tā men dōu zǒu le, zhǐ liú xià wǒ yì rén.

It's late. I think I will turn in.
很晚了。我要去睡覺了。
hěn wǎn le. wǒ yào qù shuì jiào le.

第二篇　戀愛

FALL IN LOVE

25. I WANT TO SEE YOU
我想見妳

When can I going to see you again?
我何時才可以再見到你？
wǒ hé shí cái kě yǐ zài jiàn dào nǐ?

I want to see you again.
我想再見到你。
wǒ xiǎng zài jiàn dào nǐ.

Can I come and see you tomorrow?
我明天可以來看你嗎？
wǒ míng tiān kě yǐ lái kàn nǐ ma?

I am looking forward to seeing you.
很期待見到你。
hěn qí dài jiàn dào nǐ.

We should get together.
我們應該聚一聚。
wǒ men yīng gāi jù yí jù.

I wanna be there for you.
我想陪著你。
wǒ xiǎng péi zhe nǐ.

I couldn't get to sleep.

我睡不著。

wǒ shuì bù zhuó.

I want to see you.

我想見你。

wǒ xiǎng jiàn nǐ.

Wanna come over?

要不要過來？

yào bú yào guò lái?

You sound tired.

你聽起來很累。

nǐ tīng qǐ lái hěn lèi.

I don't know why?

我不知道為什麼？

wǒ bù zhī dào wèi shén me?

Go and ask Merry if she can come here.

你去問瑪莉她能不能來這裡。

nǐ qù wèn mǎ lì tā néng bù néng lái zhè lǐ.

Merry doesn't want to see anyone right now.

瑪莉現在不想見任何人。

mǎ lì xiàn zài bù xiǎng jiàn rèn hé rén.

26. SHE DID IT AGAIN
她又這樣了

It's nice of you to ask me out, but I already have plans.

你很好要約我出去,但是我有事。

nǐ hěn hǎo yào yuē wǒ chū qù, dàn shì wǒ yǒu shì.

We have (already) cancelled your booking.

我們已經取消了你的預訂。

wǒ men yǐ jīng qǔ xiāo le nǐ de yù dìng.

I have already had plans. / I have already made plans.

我已經有計劃了。

wǒ yǐ jīng yǒu jì huà le.

already

(1) 已經。在完成式中要加或不加皆可,通常不須
    要再加上 already,時態結構就有表示「完成」
    的作用。用 already 是為了進一步強調,在問句
    中強調驚訝,肯定句強調確定。

(2) I already have 才剛有了(計劃)
    I have already 現在有(now)
    I had already 早就已經(是很久之前,幾年前,
                          1-2 年前 ...)

I got some plans to do over the weekend.

我這週末有安排（計劃）了。

wǒ zhè zhōu mò yǒu ān pái (jì huà) le.

I have a date already.

我有約會了。

wǒ yǒu yuē huì le.

We will see.

再看看吧。

zài kàn kàn ba.

I am not available.

我沒空。

wǒ méi kòng.

Sorry, something came up.

很抱歉，我臨時有事。

hěn bào qiàn, wǒ lín shí yǒu shì.

Maybe another time!

或許下次吧！

huò xǔ xià cì ba!

I can't go today.

我今天不能去了。

wǒ jīn tiān bù néng qù le.

I don't feel up for a movie this weekend.

這週末我不想去看電影了。

zhè zhōu mò wǒ bù xiǎng qù kàn diàn yǐng le.

I'm not going to put up with this!

我再也受不了啦！

wǒ zài yě shòu bù liǎo la!

Why didn't you tell me the truth?

你到底為什麼不跟我說實話？

nǐ dào dǐ wèi shén me bù gēn wǒ shuō shí huà?

I don't want to see his face!

我不願再見到他的臉！

wǒ bú yuàn zài jiàn dào tā de liǎn!

Why not?

為什麼不行？

wèi shén me bù xíng?

How come?

為什麼這樣子？ / 怎麼會這樣？ / 為什麼？

wèi shén me zhè yàng zi? / zěn me huì zhè yàng? / wèi shén me?

How come?

用法大都等於 why ，但通常用在你覺得奇怪而問為什麼時。如有人突然很晚了竟然還要出門，你就會問他 ＂How come?＂。 另外， 當別人問你一個問題而你不想回答時，可以說 ＂How come?＂相當於『你為何這樣問?! 這不關你的事！』。

Don't stand me up. / You stand me up.

別放我鴿子。 / 你放我鴿子。

bié fàng wǒ gē zi. / nǐ fàng wǒ gē zi.

I can't stand it.

我無法忍受。

wǒ wú fǎ rěn shòu.

I can't stand her, she talks too much.

我受不了她，她話太多了。

wǒ shòu bù liǎo tā, tā huà tài duō le.

stand up

是『站立， 起立』的意思，但 stand me up 卻是『失約』的意思。stand 還有『忍受』的意思。

27. I AM JUST NOT INTO YOU
你不是我的菜 / 你不適合我

I'm not interested in you.
我對你沒興趣。
wǒ duì nǐ méi xìng qù.

I'm just not that into you.
妳不是我的菜。 / 你不適合我。
nǐ bú shì wǒ de cài. / nǐ bú shì hé wǒ.

I'm into music.
我對音樂很狂熱。 / 我很熱愛音樂。
wǒ duì yīn yuè hěn kuáng rè. / wǒ hěn rè ài yīn yuè.

He's just not that into you.
他其實沒那麼喜歡妳。
tā qí shí méi nà me xǐ huān nǐ.

I'm into you.
我很喜歡你（妳）。 / 我為你（妳）痴迷。
wǒ hěn xǐ huān nǐ. / wǒ wèi nǐ chī mí.

I am onto you.
我盯上你了。（＊不友善的說法）
wǒ dīng shàng nǐ le.

be into someone

1. 是很喜歡某人，為此人著迷的意思。

2. 相近於 interested（感興趣），crazy about（著迷），
   addicted（沉溺於）。

3. 比較：be on to someone 是『盯上某人』，指要開
   始注意那人有沒有做壞事喔！（＊不是友善的說
   法。大人對小孩或懷疑責備時的說法，所以 on
   和 in 差很多喔！千萬不要用錯了。）

It's clear that we both want quite different things.

很清楚的我們各自要的不同。

hěn qīng chǔ de wǒ men gè zì yào de bù tóng.

I hope you understand.

我希望你能了解。

wǒ xī wàng nǐ néng liǎo jiě.

I never meant to hurt you.

我不是故意要傷害你的。

wǒ bú shì gù yì yào shāng hài nǐ de.

He did not know how to show his affections.

他不會顯示他的感情。

tā bú huì xiǎn shì tā de gǎn qíng.

Hooking up with him was the biggest mistake in my life.
和他親熱是我人生最大的錯誤。
hàn tā qīn rè shì wǒ rén shēng zuì dà de cuò wù.

I think you're very nice, but I don't see this working out.
你人很好，但我們並不適合。
nǐ rén hěn hǎo, dàn wǒ men bìng bú shì hé.

I am not used to their way of living.
我不習慣他們的生活方式。
wǒ bù xí guàn tā men de shēng huó fāng shì.

The interpretation of different cultures often leads to misunderstanding.
不同文化間的解讀，往往造成誤解。
bù tóng wén huà jiān de jiě dú, wǎng wǎng zào chéng wù jiě.

So you are okay that we are just being a friend?
所以我們只當朋友，你沒關係囉？
suǒ yǐ wǒ men zhǐ dāng péng yǒu, nǐ méi guān xì luo?

It isn't you.
不是你的問題。
bú shì nǐ de wèn tí.

I don't really see this going any further.

我們不會有結果。

wǒ men bú huì yǒu jié guǒ.

I don't want to hurt your feelings.

我不想讓你難過。

wǒ bù xiǎng ràng nǐ nán guò.

We just don't fit as a couple.

我們不適合當情侶。

wǒ men bú shì hé dāng qíng lǚ.

I am so sorry. Please don't hate me.

我很抱歉。請你不要恨我。

wǒ hěn bào qiàn. qǐng nǐ bú yào hèn wǒ.

I am not what you want. / I am not the one.

我不是你要的。

wǒ bú shì nǐ yào de.

28. ONLINE DATING 網路約會

The relationship usually ends as soon as it began.
這樣的關係通常還沒開始就結束了。
zhè yàng de guān xì tōng cháng hái méi kāi shǐ jiù jié shù le.

Neither really cares, but they pretend they do.
沒有真的在乎，但他們假裝在意。
méi yǒu zhēn de zài hū, dàn tā men jiǎ zhuāng zài yì.

No feelings shared just words.
沒感覺，只有文字。
méi gǎn jué, zhǐ yǒu wén zì.

Not real relationship.
不是真實的關係。
bú shì zhēn shí de guān xì.

I can't do this anymore.
我不能再這麼做了。
wǒ bù néng zài zhè me zuò le.

Are you joking / kidding?
你開玩笑嗎？
nǐ kāi wán xiào ma?

But you said you loved me!
但你說過你愛我的！
dàn nǐ shuō guò nǐ ài wǒ de!

I am just joking / kidding!
我只是開玩笑的！
wǒ zhǐ shì kāi wán xiào de!

I am not serious.
我不是認真的。
wǒ bú shì rèn zhēn de.

Don't do this to me.
不要這樣對我。
bú yào zhè yàng duì wǒ.

You are a liar.
你是個騙子。
nǐ shì ge piàn zi.

You make me sick!
你真讓我噁心！
nǐ zhēn ràng wǒ ě xīn!

You are crazy!
你瘋了！
nǐ fēng le!

Are you insane/crazy/out of your mind?
你瘋了嗎？（＊美國人絕對常用！）
nǐ fēng le ma?

Don't bother me.
別煩我。
bié fán wǒ.

No big deal.
沒什麼大不了的。
méi shén me dà bù liǎo de.

I'm not going to answer.
我不想回答。
wǒ bù xiǎng huí dá.

I feel its better to be honest now.
我想現在就誠實讓你知道。
wǒ xiǎng xiàn zài jiù chéng shí ràng nǐ zhī dào.

Don't mess with that dude.
別和那個男生混。
bié hàn nà ge nán shēng hùn.

Online dating is dangerous.
網上交友是危險的。
wǎng shàng jiāo yǒu shì wéi xiǎn de.

We are just friends.
我們只是普通朋友。
wǒ men zhǐ shì pǔ tōng péng yǒu.

We're not dating.
我們沒有在約會。
wǒ men méi yǒu zài yuē huì.

For real? / Really?
是嗎？
shì ma?

Over my dead body!
死也不可能！
sǐ yě bù kě néng!

Not a chance.
不會有機會。
bú huì yǒu jī huì.

Don't you even think about it.
想都不要想。
xiǎng dōu bú yào xiǎng.

You're nothing to me.
你對我來講什麼都不是。
nǐ duì wǒ lái jiǎng shén me dōu bú shì.

How can you say that?

你怎麼可以這樣說？

nǐ zěn me kě yǐ zhè yàng shuō?

Don't fall into unreal feeling and it's meaningless.

不要陷入不真實的感覺，這是毫無意義的。

bú yào xiàn rù bù zhēn shí de gǎn jué, zhè shì háo wú yì yì de.

He lives in an unreal world imagined by himself.

他生活在自己想像的虛幻世界裡。

tā shēng huó zài zì jǐ xiǎng xiàng de xū huàn shì jiè lǐ.

29. PLEASE LEAVE ME ALONE
拜託別來煩我

I am not in the mood for love.

我沒心情談戀愛。

wǒ méi xīn qíng tán liàn ài.

I am in a bad mood.

我心情不好。

wǒ xīn qíng bù hǎo.

Stop harassing me.

別再騷擾我。

bié zài sāo rǎo wǒ.

I got nothing to do.

我沒事做。

wǒ méi shì zuò.

I am sick and tired of your lies.

我厭倦了你的謊話。

wǒ yàn juàn le nǐ de huǎng huà.

I'm sick and tired of this ambiguous relationship.

我厭煩了這種模糊不清的關係。

wǒ yàn fán le zhè zhǒng mó hú bù qīng de guān xì.

 小叮嚀

sick and tired

字面上是生病(sick)和疲累(tired)，這個片語是指十分厭倦、厭煩了、 煩透了的意思。如有人一直煩你，看到你就想要跟你借錢、要你請他吃飯、想占你的便宜白吃白喝，你就可以對他說下一句，很實用的喔！

I'm so sick and tired of you.
我對你真的很厭煩了。
wǒ duì nǐ zhēn de hěn yàn fán le.

I am bored. How (What) about you?
我好無聊，妳呢？
wǒ hǎo wú liáo, nǐ nē?

How (What) about a drink?
喝杯酒好嗎？
hē bēi jiǔ hǎo ma？

How (What) about going to the movies?
去看場電影如何？
qù kàn chǎng diàn yǐng rú hé？

How about …
和 What about … 有時可以互換，意思一樣。

Just laying here and watching TV.
只是躺在這兒看電視。
zhǐ shì tǎng zài zhèr kàn diàn shì.

We are just chilling.
我們只是在瞎混時間。
wǒ men zhǐ shì zài xiā hùn shí jiān.

I am just chilling out with my friends. / I am just hanging out with my friends.
我只是在和我的朋友玩。
wǒ zhǐ shì zài hàn wǒ de péng yǒu wán.

I am chilling.
我在放鬆。
wǒ zài fàng sōng.

 小叮嚀

chill

1. 是『冷、冷漠、令人失望』的意思， 但現代人對
   這個字作了新的詮釋，是『沒做任何事情，只是
   在打發時間』的意思；也可當動詞。

2. chilling，可以作 cool 的同義字。 cool 意味著感
   覺滿足、平靜及放鬆。

3. chilling out (chill out 放鬆)是比 hanging out (hang
   out 閒混) 更新的片語，只有時下年輕人才比較
   會這麼用；而 hanging out (hang out) 則是普遍
   男女老少都會用。二句意思幾乎一樣，都有打發
   時間的意味。特別例外不同的是，如果有人正在
   吵架或快打起來時，你可以對正在氣頭上的人說：
   『Chill out！』要他冷靜，放鬆下來。

I am cool. / I am good.

我很好。/ 我很放鬆。

wǒ hěn hǎo. /wǒ hěn fàng sōng.

I only talked to him out of politeness.

我只是禮貌性的和他說話。

wǒ zhǐ shì lǐ mào xìng de hàn tā shuō huà.

Why don't you take Merry to a movie?

你為什麼不帶瑪莉去看電影？

nǐ wèi shén me bú dài mǎ lì qù kàn diàn yǐng?

I don't wanna take her out.

我不想帶她出去。

wǒ bù xiǎng dài tā chū qù.

You are a pain in the butt.

你真的有夠麻煩的。 / 你真是一個難搞的傢伙 。

nǐ zhēn de yǒu gòu má fán de. / nǐ zhēn shì yí ge nán gǎo de xiāng huo.

No one asked you, so butt out.

沒人問你，所以別多嘴。

méi rén wèn nǐ, suǒ yǐ bié duō zuǐ.

butt

1. 屁股的意思。

2. pain in the butt 屁股痛。

3. You are a pain in the butt. 字面上的意思是你讓我屁股痛，這是美國人開玩笑的說法，用來比喻那個人真的很難搞、很麻煩人的。

4. butt out 屁股走開，別多管閒事。

　＊當然以上在上司及長輩面前是不可使用的。

Who do you think you are?

你以為你是誰？

nǐ yǐ wéi nǐ shì shéi?

Give me a break!
饒了我吧！
ráo le wǒ ba!

Don't give up on us.
別放棄我們。
bié fàng qì wǒ men.

This is my call and you can't talk me out of it.
決定權在我，你不可能說服我放棄。
jué dìng quán zài wǒ, nǐ bù kě néng shuì fú wǒ fàng qì.

30. I LIKE YOU　我喜歡你

I really like you.
我很喜歡你。
wǒ hěn xǐ huān nǐ.

I really really like you.
我真的真的很喜歡你。
wǒ zhēn de zhēn de hěn xǐ huān nǐ.

I like you very much.
我非常喜歡你。
wǒ fēi cháng xǐ huān nǐ.

I have a crush on you.
我暗戀你。
wǒ àn liàn nǐ.

I had a crush on her for almost a year.
我暗戀她幾乎快一年了。
wǒ àn liàn tā jī hū kuài yì nián le.

Is it OK if I hug you?
我可以抱你嗎？
wǒ kě yǐ bào nǐ ma?

Give me a hug.
給我一個擁抱。
gěi wǒ yí ge yǒng bào.

I need a hug.
我需要一個擁抱。
wǒ xū yào yí ge yǒng bào.

You are a keeper.
妳是個值得交往的人。
nǐ shì ge zhí de jiāo wǎng de rén.

I know how I feel about you.
我知道我對你的感覺。
wǒ zhī dào wǒ duì nǐ de gǎn jué.

I'm so glad I met you.
我很高興遇到了你。
wǒ hěn gāo xìng yù dào le nǐ.

You are such a good person.
你是個很好的人。
nǐ shì ge hěn hǎo de rén.

Have you ever wondered about me?
你沒有考慮過我嗎？
nǐ méi yǒu kǎo lù guò wǒ ma?

I love your hair.
我喜歡妳的頭髮。
wǒ xǐ huān nǐ de tóu fǎ.

eyes	眼睛	yǎn jīng
nose	鼻子	bí zi
face	臉蛋	liǎn dàn
figure	身材	shēn cái
chest / breast	胸部	xiōng bù

I want to hug and kiss you all the time.
我時常想要抱妳和親妳。
wǒ shí cháng xiǎng yào bào nǐ hàn qīn nǐ.

You are what I want.
妳是我想要的人。
nǐ shì wǒ xiǎng yào de rén.

They have got some chemistry going on.
他們兩人被互相吸引著。
tā men liǎng rén bèi hù xiāng xī yǐn zhe.

chemistry
是化學作用的意思，用在男女關係上是比喻二人
"來電"，互相吸引的意思。

I hope everything turns out all right.

我希望結果令人滿意。

wǒ xī wàng jié guǒ lìng rén mǎn yì.

31. I MISS YOU   我想你

It's the smile you get when you think about her.
當你想她時，你會不由自主的笑。
dāng nǐ xiǎng tā shí, nǐ huì bù yóu zì zhǔ de xiào.

I can not stop thinking about you.
我無法停止想你。
wǒ wú fǎ tíng zhǐ xiǎng nǐ.

I'm leaving soon.
我很快就要離開了。
wǒ hěn kuài jiù yào lí kāi le.

I hate when you are gone.
我很不喜歡你不在。
wǒ hěn bù xǐ huān nǐ bú zài.

I miss you.
我想你。
wǒ xiǎng nǐ.

Do you miss me?
你想我嗎？
nǐ xiǎng wǒ ma?

I miss you more.
我更想你。
wǒ gèng xiǎng nǐ.

I miss you like crazy.
我想你想得快瘋了。
wǒ xiǎng nǐ xiǎng dé kuài fēng le.

like
喜歡、像…一樣、想要、好像、彷彿、可能的意思。
現在的美國年輕女孩很喜歡把它當作口頭禪， 表示
思考下面的話，例如：

He said: "I like you." I am like: "But I don't like you."
他說：『我喜歡妳。』 我的反應是：『但我不喜歡
你。』
tā shuō: "wǒ xǐ huān nǐ." wǒ de fǎn yìng shì : "dàn wǒ
bù xǐ huān nǐ."

I miss you so much.
我好想妳。
wǒ hǎo xiǎng nǐ.

I miss your touch.
我想念你的觸摸。
wǒ xiǎng niàn nǐ de chù mō.

I miss your kiss.

我想念你的吻。

wǒ xiǎng niàn nǐ de wěn.

I think about you all the time.

我時常想著妳。

wǒ shí cháng xiǎng zhe nǐ.

Every single second I wanna (want to) be with you.

每一秒鐘我都想和妳在一起。

měi yì miǎo zhōng wǒ dōu xiǎng hàn nǐ zài yì qǐ.

Nothing is important to me anymore if you're not around.

沒有什麼事比妳能在我身邊更重要。

méi yǒu shén me shì bǐ nǐ néng zài wǒ shēn biān gèng zhòng yào.

I would rather be missing you than be with someone else.

我寧可想你也不要和別人在一起。

wǒ níng kě xiǎng nǐ yě bú yào hàn bié rén zài yì qǐ.

32. I NEED YOU 我需要你

I need you so much.
我真的很需要你。
wǒ zhēn de hěn xū yào nǐ.

I need your love.
我需要你的愛。
wǒ xū yào nǐ de ài.

Do you need me?
你需要我嗎？
nǐ xū yào wǒ ma?

I need you forever.
我永遠都需要你。
wǒ yǒng yuǎn dōu xū yào nǐ.

I want you to be here.
我要你在這裡。
wǒ yào nǐ zài zhè lǐ.

I need to hold you.
我需要抱著你。
wǒ xū yào bào zhe nǐ.

I need you in my arms.

我要你在我懷抱中。

wǒ yào nǐ zài wǒ huái bào zhōng.

I am lonely without you.

沒有你我好孤獨。

méi yǒu nǐ wǒ hǎo gū dú.

I need you in my life.

我需要你在我的生命中。

wǒ xū yào nǐ zài wǒ de shēng mìng zhōng.

I need you like I need the air to breathe.

我需要你，就像我需要呼吸空氣一樣。

wǒ xū yào nǐ, jiù xiàng wǒ xū yào hū xī kōng qì yí yàng.

There is nothing I want more than to be with you.

我最想要的就是能和你在一起。

wǒ zuì xiǎng yào de jiù shì néng hàn nǐ zài yì qǐ.

You are always there when I need you.

你總是陪伴我，當我需要你的時候。

nǐ zǒng shì péi bàn wǒ, dāng wǒ xū yào nǐ de shí hòu.

No one can replace you.

沒人能夠替代你。

méi rén néng gòu tì dài nǐ.

I found everything I need. You are everything to me.

我已經找到了我需要的一切，你就是我的一切。

wǒ yǐ jīng zhǎo dào le wǒ xū yào de yí qiè, nǐ jiù shì wǒ de yí qiè.

33. I LOVE YOU
我愛你

I am in love with you.
我愛上你了。
wǒ ài shàng nǐ le.

I lost my heart to you.
我對你傾心。 / 我愛上你了。
wǒ duì nǐ qīng xīn. / wǒ ài shàng nǐ le.

If you find love, don't let it go.
如果找到了愛，別讓它溜走。
rú guǒ zhǎo dào le ài, bié ràng tā liū zǒu.

She is my dream come true.
她是我的夢中情人。
tā shì wǒ de mèng zhōng qíng rén.

We are perfect for each other.
我們是天造地設的一對。
wǒ men shì tiān zào dì shè de yí duì.

We're meant to be together.
我們命中註定要在一起。
wǒ men mìng zhōng zhù dìng yào zài yì qǐ.

I don't want to lose you.
我不想失去你。
wǒ bù xiǎng shī qù nǐ.

I'm crazy for you.
你讓我無法自拔。
nǐ ràng wǒ wú fǎ zì bá.

I love you more than you will ever know.
你永遠都不知道我有多麼的愛你。
nǐ yǒng yuǎn dōu bù zhī dào wǒ yǒu duō me de ài nǐ.

Do you know how much I love you?
你知道我有多麼愛你嗎？
nǐ zhī dào wǒ yǒu duó me ài nǐ ma?

I'm serious, I love you.
我是認真的，我愛妳。
wǒ shì rèn zhēn de, wǒ ài nǐ.

I'm telling you the truth.
我跟你說真的。
wǒ gēn nǐ shuō zhēn de.

Love can make you do anything.
愛會讓你做任何事。
ài huì ràng nǐ zuò rèn hé shì.

You know I love you just the way you are.

你知道我就是愛你的樣子。/ 你是我的完美情人。

nǐ zhī dào wǒ jiù shì ài nǐ de yàng zǐ./nǐ shì wǒ de wán měi

qíng rén.

You are always in my heart. / You are always on my mind.

你永遠都在我的心中。

nǐ yǒng yuǎn dōu zài wǒ de xīn zhōng.

in my heart

= on my mind　在我心中、在我腦海裡、在我的思緒

中，都比喻很想念一個人。

I'm feeling you everyday.

我每天都能感覺到你。

wǒ měi tiān dōu néng gǎn jué dào nǐ.

I love you more than words.

字句無法形容我有多麼愛你。

zì jù wú fǎ xíng róng wǒ yǒu duó me ài nǐ.

I love you forever and ever.

我會愛你直到永遠。

wǒ huì ài nǐ zhí dào yǒng yuǎn.

I can't live without you.
我不能沒有你。
wǒ bù néng méi yǒu nǐ.

You are my world.
妳是我的全部。
nǐ shì wǒ de quán bù.

I'll take care of you.
我會照顧妳的。
wǒ huì zhào gù nǐ de.

My love will last eternally.
我對你的愛會永遠持續下去。
wǒ duì nǐ de ài huì yǒng yuǎn chí xù xià qù.

Life is much better with you.
有你的生命比較美好。
yǒu nǐ de shēng mìng bǐ jiào měi hǎo.

I want to marry you one day.
有一天我會娶妳。
yǒu yì tiān wǒ huì qǔ nǐ.

I will always love you, no matter what.
我會永遠愛你，無論如何。
wǒ huì yǒng yuǎn ài nǐ, wú lùn rú hé.

34. FOREPLAY 親密接觸

Can I hug you?
我可以抱你嗎？
wǒ kě yǐ bào nǐ ma?

My heart just skipped a beat.
我的心跳的好快。
wǒ de xīn tiào de hǎo kuài.

What do you wear?
妳穿什麼？
nǐ chuān shén me?

Take off that shirt. It's hot in here.
脫掉那件衣服。這裡很熱。
tuō diào nà jiàn yī fú. zhè lǐ hěn rè.

You look very thin and sexy in those jeans!
你穿牛仔褲看上去非常苗條和性感。
nǐ chuān niú zǎi kù kàn shàng qù fēi cháng miáo tiáo hàn xìng gǎn.

You really are a very sexy person (women / men).
你真的是個很性感的人（女人 / 男人）。
nǐ zhēn de shì ge hěn xìng gǎn de rén (nǔ rén / nán rén).

小叮嚀

take off

是起飛的意思，也有脫去、被帶走、休假等意思。
例句：

The plane will take off soon. I'm taking off!
飛機就要起飛了。我要走了！
fēi jī jiù yào qǐ fēi le. wǒ yào zǒu le!

How many days do you take off for new years?
過年你休幾天假？
guò nián nǐ xiū jǐ tiān jià?

So what?
那又怎樣？
nà yòu zěn yàng?

I'll give you a massage.
我會幫你按摩。
wǒ huì bāng nǐ àn mó.

Are you okay with it?
你可以這樣嗎？
nǐ kě yǐ zhè yàng ma?

Just like that.
就這樣。
jiù zhè yàng.

I'm so excited right now.
我現在很興奮。
wǒ xiàn zài hěn xīng fèn.

I wanna feel your touch.
我想要感受到你的觸摸。
wǒ xiǎng yào gǎn shòu dào nǐ de chuò mō.

How are you feeling?
你現在感覺如何？
nǐ xiàn zài gǎn jué rú hé?

I know how I feel.
我知道我的感覺。
wǒ zhī dào wǒ de gǎn jué.

I feel you.
我知道你的感覺。
wǒ zhī dào nǐ de gǎn jué.

Do you feel me?
你能了解嗎？
nǐ néng liǎo jiě ma?

Yeah, I feel you.

我可以了解你為何那麼想。

wǒ kě yǐ liǎo jiě nǐ wèi hé nà me xiǎng.

I feel you

是很新又經常使用到的俚語 ＝ I understand you. 我
能體會你的意思。若有人這樣問 Do you feel me? 然
後你可以禮貌的回答：Yeah, I feel you.

No matter what I do, I give it my best shot.

不論我做什麼，我都是竭盡全力 / 全力以赴。

bú lùn wǒ zuò shén me, wǒ dōu shì jié jìn quán lì / quán lì yǐ
fù.

No matter what you said, I like to listen.

不管妳說什麼，我都愛聽。

bù guǎn nǐ shuō shén me, wǒ dōu ài tīng.

I heard Cindy made out with Larry.

我聽說莘蒂和賴瑞親熱了。

wǒ tīng shuō shēn dì hàn lài ruì qīn rè le.

They hooked up last night after the party.

他們在派對之後親熱了。

tā men zài pài duì zhī hòu qīn rè le.

foreplay	= making out
make out	有熱吻，親親抱抱的意思。是美國人常用的哩語，尤其是年輕人。
hook up	比 make out 更親熱、親蜜的關係。

Can I kiss you?
我可以吻妳嗎？
wǒ kě yǐ wěn nǐ ma?

I want to kiss you.
我想吻妳。
wǒ xiǎng wěn nǐ.

We enjoy kissing each other.
我們很喜歡互相親吻。
wǒ men hěn xǐ huān hù xiāng qīn wěn.

That kiss was off the hook.
那個吻真的很棒。
nà ge wěn zhēn de hěn bàng.

 小叮嚀

off the hook

(1) 原意是拿起 (電話聽筒)

(2) 另一個說法是擺脫困境 [危機]，免除責任的意思。

(3) 這是個非常好用的片語，也有非常棒、很酷、很熱鬧與好玩的意思。

The phone is off the hook / busy.

電話沒掛上 / 忙線。

diàn huà méi guà shàng / máng xiàn.

His phone is ringing off the hook.

他的電話響個不停。

tā de diàn huà xiǎng ge bù tíng.

Don't think you're off the hook.

別以為你沒事了！

bié yǐ wéi nǐ méi shì le!

This book is off the hook!

這本書真的很酷！

zhè běn shū zhēn de hěn kù!

第三篇　在一起

TOGETHER

35. TAKE IT SLOW 慢慢來

I like to take it slow.
我想要慢慢來。
wǒ xiǎng yào màn màn lái.

I can't do that.
我不可以那樣。
wǒ bù kě yǐ nà yàng.

You can't rush this.
不能急。
bù néng jí.

Slow down! Take a few deep breaths.
別焦急！做幾次深呼吸。
bié jiāo jí! zuò jǐ cì shēn hū xī.

We will take it nice and slow.
我們要慢慢的，美美的感受它。
wǒ men yào màn màn de, měi měi de gǎn shòu tā.

What's that all about?
那是怎麼了？
nà shì zěn me le?

What are you trying to do?

你要做甚麼？

nǐ yào zuò shén me?

What can I do for you?

我可以為你做什麼？

wǒ kě yǐ wèi nǐ zuò shén me?

What do you want me to do?

你要我怎麼做？

nǐ yào wǒ zěn me zuò?

Each person has his own long term goals and intents.

每個人都有他自己長期的目標和願望。

měi ge rén dōu yǒu tā zì jǐ cháng qí de mù biāo hàn yuàn wàng.

I respect you.

我尊重你。

wǒ zūn zhòng nǐ.

I'm thinking of not meeting my boyfriend tonight.

我在考慮今晚不去見我的男朋友。

wǒ zài kǎo lǜ jīn wǎn bú qù jiàn wǒ de nán péng yǒu.

Why are you avoiding him?

你為什麼躲避他？

nǐ wèi shén me duǒ bì tā?

I really hope you can accept me.
我真希望你能接受我。
wǒ zhēn xī wàng nǐ néng jiē shòu wǒ.

I have to impress you.
我要給你好印象。
wǒ yào gěi nǐ hǎo yìn xiàng.

Let me know when you are ready?
讓我知道什麼時候你可以。
ràng wǒ zhī dào shén me shí hòu nǐ kě yǐ.

It's gonna be great. I can hardly wait.
那一定很棒。我等不及了。
nà yí dìng hěn bàng. wǒ děng bù jí le.

Women are too unpredictable!
女人太不可預知了！/ 女人心海底針。
nǚ rén tài bù kě yù zhī le! / nǚ rén xīn hǎi dǐ zhēn.

36. ENOUGH IS ENOUGH
適可而止

I met him only the once and that was enough.
我就見過他那一次，但那就夠了。
wǒ jiù jiàn guò tā nà yí cì, dàn nà jiù gòu le.

Enough is enough!
適可而止。
shì kě ér zhǐ.

Enough already.
夠了喔！
gòu le ō!

I'm gonna lose control.
我要失控了。
wǒ yào shī kòng le.

That's enough, anymore is just overkill.
那就夠了，再多也是多餘的。
nà jiù gòu le, zài duō yě shì duō yú de.

Get out of here!
滾出去！
gǔn chū qù!

I want you out.

我要你走。

wǒ yào nǐ zǒu.

Don't think too much.

別多心。

bié duō xīn.

Don't get upset over nothing.

別沒事亂生氣。

bié méi shì luàn shēng qì.

How dare you speak to me like that!

你竟敢對我這樣說話！

nǐ jìng gǎn duì wǒ zhè yàng shuō huà!

That's enough about him. Let's talk about something else!

談夠他了！我們說些別的吧！

tán gòu tā le! wǒ men shuō xiē bié de ba!

37. DRUNK NIGHT　喝醉的夜晚

I had no sleep because I was partying all night.
我沒睡，因為我整晚都在派對。
wǒ méi shuì, yīn wèi wǒ zhěng wǎn dōu zài pài duì.

I was so wasted. / I was drunk.
我喝的好醉。
wǒ hē de hǎo zuì.

I can hardly stand up.
我幾乎無法站起來。
wǒ jī hū wú fǎ zhàn qǐ lái.

She was so wasted last night.
昨晚她喝的很醉。
zuó wǎn tā hē de hěn zuì.

She drank herself silly.
她把自己灌的超醉。
tā bǎ zì jǐ guàn de chāo zuì.

She is messed up.
她的生活很亂。 / 她喝得很醉。
tā de shēng huó hěn luàn. / tā hē de hěn zuì.

mess up

是弄髒、搞亂、弄壞、弄糟。所以你可以說：
You always mess things up.
你總是把事情弄得一團糟。
nǐ zǒng shì bǎ shì qíng nòng de yì tuán zāo.

但是如果有朋友來向你訴苦時，你要表示同情他的
遭遇，可以賦予同情的這樣說：
That's messed up.
怎麼會是這樣的情況。
zěn me huì shì zhè yàng de qíng kuàng.

I'm not easy.
我不是隨便的人。
wǒ bú shì suí biàn de rén.

I will never hook up with him even if I am drunk.
我就算喝醉了也不會和他在一起。
wǒ jiù suàn hē zuì le yě bú huì hàn tā zài yì qǐ.

I got drunk and passed out.
我喝醉了，然後昏倒了。
wǒ hē zuì le, rán hòu hūn dǎo le.

I don't really know what was going on.

我完全不知道發生什麼事。

wǒ wán quán bù zhī dào fā shēng shén me shì.

I was extremely drunk at the time.

我當時超醉。

wǒ dāng shí chāo zuì.

I can't drive home tonight.

我今晚無法開車回去。

wǒ jīn wǎn wú fǎ kāi chē huí qù.

Don't drink and drive!

別喝酒開車！

bié hē jiǔ kāi chē!

38. ARGUMENTS　爭吵

I got into it with my girlfriend.
我和我女朋友吵架了。
wǒ hàn wǒ nǔ péng yǒu chǎo jià le.

I am too good to you.
我對你太好了。
wǒ duì nǐ tài hǎo le.

I'm not the same since I met you.
自從認識你，我已不再是從前的我。
zì cóng rèn shì nǐ,wǒ jǐ bú zài shì cóng qián de wǒ.

I'm not that guy anymore.
我不是以前的我了。 / 我不是以前那個男人了。
wǒ bú shì yǐ qián de wǒ le. / wǒ bú shì yǐ qián nà ge nán rén le.

I'm changed.
我變了。
wǒ biàn le.

I don't buy that.
我不相信你說的。
wǒ bù xiāng xìn nǐ shuō de.

I don't wanna talk about it.

我不想再說了。

wǒ bù xiǎng zài shuō le.

Say no more.

不要再說了。

bú yào zài shuō le.

What can I tell you?

我可以說什麼？

wǒ kě yǐ shuō shén me?

Just tell me what to do?

告訴我該怎麼做？

gào sù wǒ gāi zěn me zuò?

Can you just let me talk?

可以讓我說話嗎？

kě yǐ ràng wǒ shuō huà ma?

That's all I ask.

我就只有問你這樣。

wǒ jiù zhǐ yǒu wèn nǐ zhè yàng.

Whatever.

隨便你。

suí biàn nǐ.

Just say what you have to say.
說你要說的。
shuō nǐ yào shuō de.

That's all I have to say.
那就是我要說的。
nà jiù shì wǒ yào shuō de.

got to
= gotta（口語唸法）= have to 都是必須要、一定要
的意思，和 supposed to（應該要）意思類同。

Just say what you have to say. / Just say what you gotta say.
說你要說的。
shuō nǐ yào shuō de.

That's all I have to say. / That's all I gotta say.
那就是我要說的。
nà jiù shì wǒ yào shuō de.

Do what you have to do. / Do what you gotta do. / Do what
you are supposed to do.
做你應該做的。
zuò nǐ yīng gāi zuò de.

You can't take anything seriously.

你做什麼都不認真。

nǐ zuò shén me dōu bú rèn zhēn.

We are completely different people.

我們完全不合。

wǒ men wán quán bù hé.

You are a moron.

你這沒良心的人。

nǐ zhè méi liáng xīn de rén.

You are annoying.

你很煩人。

nǐ hěn fán rén.

Stop complaining.

別在抱怨了。

bié zài bào yuàn le.

This is not up to you.

這不是你能決定的。

zhè bú shì nǐ néng jué dìng de.

Why can't you tell me?

為什麼不能告訴我？

wèi shén me bù néng gào sù wǒ?

You are stupid.

你這個笨蛋。

nǐ zhè ge bèn dàn.

I needed some time to think.

我需要時間想想。

wǒ xū yào shí jiān xiǎng xiǎng.

I'm not trying to start a fight.

我不想開始吵。

wǒ bù xiǎng kāi shǐ chǎo.

Give her a little space.

給她一些空間。

gěi tā yì xiē kōng jiān.

She hasn't called me back in two days.

她兩天沒回我電話了。

tā liǎng tiān méi huí wǒ diàn huà le.

How are you going to explain yourself?

你要怎麼解釋自己？

nǐ yào zěn me jiě shì zì jǐ?

He tried to explain to her, but she brushed him off.

他試圖向她解釋，可是她不理他。

tā shì tú xiàng tā jiě shì, kě shì tā bù lǐ tā.

He could not explain why it was so.

他說不出個所以然來。

tā shuō bù chū ge suǒ yǐ rán lái.

He managed to explain away my doubts.

他的解釋消除了我的懷疑。

tā de jiě shì xiāo chú le wǒ de huái yí.

He tried his best to clear up the misunderstanding.

他想盡一切辦法來澄清誤會。

tā xiǎng jìn yí qiè bàn fǎ lái chéng qīng wù huì.

The couple finally cleared up their misunderstanding.

這一對終於消除了誤會。

zhè yí duì zhōng yú xiāo chú le wù huì.

Each individual person is responsible for his own action.

每個人必須對自己的行為負責。

měi ge rén bì xū duì zì jǐ de xíng wéi fù zé.

39. JUST DUMP HIM
快把他甩了

That guy is nuts.
那男的瘋了。
nà nán de fēng le.

He is totally insane.
他真的非常不正常。
tā zhēn de fēi cháng bú zhèng cháng.

I would never call him a moron.
我不會叫他敗類。
wǒ bú huì jiào tā bài lèi.

Because he is an idiot.
因為他是白痴。
yīn wèi tā shì bái chī.

You are (such) an idiot.
你真的是（很）腦殘。
nǐ zhēn de shì (hěn) nǎo cán.

I have to get rid of him.
我必須甩掉他。
wǒ bì xū shuǎi diào tā.

Don't do this.

別這樣。

bié zhè yàng.

You don't have to be so touchy.

你不要動不動就生氣。

nǐ bú yào dòng bú dòng jiù shēng qì.

You are driving me up the wall.

你把我惹火了。

nǐ bǎ wǒ rě huǒ le.

What a jerk!

真是混帳！

zhēn shì hún zhàng!

Don't be mad.

不要生氣。

bú yào shēng qì.

I can't trust you.

我不能相信你。

wǒ bù néng xiāng xìn nǐ.

I gotta go.

我得走了。

wǒ děi zǒu le.

Get lost.

走開啦！/ 消失吧你！

zǒu kāi lā！/ xiāo shī ba nǐ！

I can't believe you say that.

我不相信你會說那些話。

wǒ bù xiāng xìn nǐ huì shuō nà xiē huà.

Don't let him fool you.

別讓他耍了你。

bié ràng tā shuǎ le nǐ.

I don't fall that easy.

我不會輕易上當。

wǒ bú huì qīng yì shàng dàng.

What a fool!

真是個呆子！

zhēn shì ge dāi zi.

He actually thinks I like him.

他竟然認為我會喜歡他。 / 他還認為我會喜歡他。

tā jìng rán rèn wéi wǒ huì xǐ huān tā. / tā hái rèn wéi wǒ huì xǐ huān tā.

Thank God. I found out that now.
感謝主，讓我現在發現。
gǎn xiè zhǔ, ràng wǒ xiàn zài fā xiàn.

He is too much.
他太過份了！
tā tài guò fèn le!

What is wrong with you?
你是怎麼回事？
nǐ shì zěn me huí shì?

You have a problem. / You have problems.
你真有問題。
nǐ zhēn yǒu wèn tí.

I was mean to him.
我對他很兇（壞）。
wǒ duì tā hěn xiōng (huài).

Cheer up! Every dog has its day.
振作一點！ 風水輪流轉。
zhèn zuò yì diǎn! fēng shuǐ lún liú zhuǎn.

Those things happen.
這種事常發生。
zhè zhǒng shì cháng fā shēng.

You can't win them all.
總是有不順的時候嘛！
zǒng shì yǒu bú shùn de shí hòu ma!

 甜蜜小叮嚀

吵架的時候可能什麼話都說的出來，所以生氣也要適可而止喔！一定要理智對待才好。我雖然寫了很多罵人的話，可別濫用喔！只要知道英文怎麼說就行了！

40. BUMMER 失望

What a bummer!
那真沮喪啊！
nà zhēn jǔ sàng a!

That sounds like a real bummer.
聽起來真讓人掃興。
tīng qǐ lái zhēn ràng rén sǎo xìng.

It's a real bummer to lose your job.
工作丟了，實在倒楣。
gōng zuò diū le, shí zài dǎo méi.

bummer
是令人不快的事、討厭的事。這是個非常好用的形容詞，任何時候讓你感到失望都可以用。或許有人對你抱怨他們的不滿時，你可以回答～

Reality, is such a bummer.
現實生活就是這樣讓人失望。
xiàn shí shēng huó jiù shì zhè yàng ràng rén shī wàng.

She kissed another guy.
她親了別的男生。
tā qīn le bié de nán shēng.

He became so jealous.
他變的很嫉妒。
tā biàn de hěn jí dù.

I'm jealous.
我嫉妒。
wǒ jí dù.

My girlfriend played me for some dude.
我女朋友玩了我，她早就有別的男人了。
wǒ nǚ péng yǒu wán le wǒ, tā zǎo jiù yǒu bié de nán rén le.

I don't dare tell her the truth.
我不敢對她說實話。
wǒ bù gǎn duì tā shuō shí huà.

You are acting like a kid.
你的行為就像個孩子。
nǐ de xíng wéi jiù xiàng ge hái zi.

How dare him!
他好大的膽子！
tā hǎo dà de dǎn zi!

He is so dead.
他死定了。
tā sǐ dìng le.

I know I was dead wrong.

我知道我真的錯了。

wǒ zhī dào wǒ zhēn de cuò le.

I am hoping you will forgive me.

我希望你能原諒我。

wǒ xī wàng nǐ néng yuán liàng wǒ.

How could he do this to me?

他怎麼可以這樣對我？

tā zěn me kě yǐ zhè yàng duì wǒ?

What a let down!

太令人失望了！

tài lìng rén shī wàng le!

She was crying like crazy. Stop crying.

她哭到不行。別哭了。

tā kū dào bù xíng. bié kū le.

I felt such pity for her.

我真替她覺得可憐。

wǒ zhēn tì tā jué de kě lián.

He knows but he doesn't care.

他知道，但他也不在乎。

tā zhī dào, dàn tā yě bú zài hū.

I'm too good for you. She is too good for you.
你配不上我。你配不上她。
nǐ pèi bú shàng wǒ. nǐ pèi bú shàng tā.

I'm disappointed (with it).
我（對此）很失望。
wǒ (duì cǐ) hěn shī wàng.

I'm sorry.
對不起。 / 我很遺憾。
duì bù qǐ. / wǒ hěn yí hàn.

 小叮嚀

I'm sorry. 和 Excuse me.
都有『對不起、請原諒』等意思，但用法大大有別。

I'm sorry.
用於因為自己某過失而給人帶來麻煩，如因遲到而
感到後悔、很抱歉沒把事情做好、表示失望或 "遺
憾"。 例如：對別人的不幸有所表示、聽到某人去
世或受傷時， 一定要說：『 I'm sorry.』

Excuse me.
常用在對陌生人說話之前或做的事可能會打攪到對
方時。例如：從人群中要借過時、有事要先離開某
場合時、可否請某人聽電話時、問路、不同意對方
的意見時、想發問問題時、要引起對方的注意時或

要叫住某人時。所以可不要每次想說『對不起』時就通通用『I'm sorry.』。 有時候事情真的沒有那麼"遺憾"。

I don't trust you.
我不相信你。
wǒ bú xiang xìn ni.

Can it get any worse?
還可能更糟嗎？
hái kě néng gèng zāo ma?

You really broke my heart.
你真的傷透了我的心。
nǐ zhēn de shāng tòu le wǒ de xīn.

41. BREAKING UP 分手

We are not seeing each other any more.
我們不再見面了。
wǒ men bú zài jiàn miàn le.

We broke up last night.
昨晚我們分手了。
zuó wǎn wǒ men fēn shǒu le.

We split up.
我們分開了。
wǒ men fēn kei le.

Look what you have done.
看你做了什麼好事。
kàn nǐ zuò le shén me hǎo shì.

Why did you do that for?
為什麼要這麼做？
wèi shén me yào zhè me zuò?

I am very angry.
我很憤怒。
wǒ hěn fèn nù.

I am angry with him.
我對他感到很氣憤。
wǒ duì tā gǎn dào hěn qì fèn.

I'm pissed.
我氣炸了。
wǒ qì zhà le.

He pissed me off.
他把我給惹毛了。 / 他讓我感到很反感。
tā bǎ wǒ gěi rě máo le. / tā ràng wǒ gǎn dào hěn fǎn gǎn.

Why don't you just piss off?
那你為什麼不離開（滾開）呢？
nà nǐ wèi shén me bù lí kāi (gǔn kāi) nē?

pissed
指令人反感的，厭惡的，憤怒的意思。同於
angry（憤怒）雖沒那麼強烈，但意思相近。

pissed off
常用在生氣這個片語上，在北美亦作 pissed。
1. = very annoyed 很惱火的。
2. 有『滾開』，即以生氣的口氣比喻離開的意思。
3. 同於 very drunk 酒醉的意思。

piss
作動詞時是小便的意思，相當於 urinate, pee, take a leak…等等。

He has caused enough problems already.
他已經造成夠多麻煩了。
tā jǐ jīng zào chéng gòu duō má fán le.

What do you want to do now?
你現在想做什麼？
nǐ xiàn zài xiǎng zuò shén me?

We need to talk.
我們需要談談。
wǒ men xū yào tán tán.

What do you wanna talk about?
你要談什麼?
nǐ yào tán shén me?

I am over you.
我已經對你死心了。
wǒ jǐ jīng duì nǐ sǐ xīn le.

You lack commitment.

你根本無法承諾。

nǐ gēn běn wú fǎ chéng nuò.

That's very selfish.

那很自私。

nà hěn zì sī.

Did I say anything wrong?

我說錯什麼了？

wǒ shuō cuò shén me le?

I was so shocked I couldn't speak.

我震撼的說不出話來了。

wǒ zhèn hàn de shuō bù chū huà lái le.

I refuse to speak to him.

我拒絕和他說話。

wǒ jù jué hàn tā shuō huà.

Merry and Dave are not talking anymore.

瑪莉和大衞從此不說話了。

mǎ lì hàn dà wèi cóng cǐ bù shuō huà le.

All my dreams have been crushed.

我的美夢破滅了。

wǒ de měi mèng pò miè le.

There is nothing I can do.

我也沒辦法。

wǒ yě méi bàn fǎ.

I'm not gonna do this.

我不要再這樣了。

wǒ bú yào zài zhè yàng le.

I don't wanna be with you.

我不想跟你在一起了。

wǒ bù xiǎng gēn nǐ zài yì qǐ le.

I don't think we should be together.

我不覺得我們應該在一起。

wǒ bù jué de wǒ men yīng gāi zài yì qǐ.

None of this will work out.

這些都不會行的通。

zhè xiē dōu bú huì xíng de tōng.

We are ruined.

我們完蛋了。 / 我們結束了。

wǒ men wán dàn le. / wǒ men jié shù le.

She left me.

她離開我了。

tā lí kāi wǒ le.

We are not talking to each other anymore.

我們已經不說話了。

wǒ men jǐ jīng bù shuō huà le.

He broke up with me over a text message.

他用簡訊告訴我要分手。

tā yòng jiǎn xùn gào sù wǒ yào fēn shǒu.

42. IT'S OVER, FORGET IT
結束了，算了吧

Don't let the past ruin your life.
別讓你的過去破壞了你的人生。
bié ràng nǐ de guò qù pò huài le nǐ de rén shēng.

After breaking up, I move on.
自從分手後，我就揮別過去了。
zì cóng fēn shǒu hòu, wǒ jiù huī bié guò qù le.

It was a mistake and a misunderstanding.
這是個錯誤和誤會。
zhè shì ge cuò wù hàn wù huì.

We are impossible.
我們是不可能的。
wǒ men shì bù kě néng de.

I want to have children.
我想要孩子。
wǒ xiǎng yào hái zi.

I don't want to be tied down.
我不想被綁住。
wǒ bù xiǎng bèi bǎng zhù.

I never want to get married.

我從來都不想要結婚。

wǒ cóng lái dōu bù xiǎng yào jié hūn.

I don't want to put any pressure on you.

我不想給你壓力。

wǒ bù xiǎng gěi nǐ yā lì.

I wish you can understand.

我希望你能了解。

wǒ xī wàng nǐ néng liǎ jiě.

I'm going back to my country.

我要回到自己的國家。

wǒ yào huí dào zì jǐ de guó jiā.

I will go travel.

我會去旅行。

wǒ huì qù lǚ xíng.

We are not gonna work out.

我們不會有結果的。

wǒ men bú huì yǒu jié guǒ de.

We didn't meet again. It must be fate.
我倆無緣相見。那必定是命中注定的。
wǒ liǎng wú yuán xiāng jiàn. nà bì dìng shì mìng zhōng zhù dìng de.

Do you believe in fate?
你相信緣份嗎？
nǐ xiāng xìn yuán fèn ma?

I don't believe in fate.
我不相信命運。
wǒ bù xiāng xìn mìng yùn.

43. LET'S STAY TOGETHER
讓我們繼續在一起吧

So we're together again. It must be fate.

我們又在一起了。真是有緣。

wǒ men yòu zài yì qǐ le. zhēn shì yǒu yuán.

You are my inspiration.

你是我的啟發和靈感。

nǐ shì wǒ de qǐ fā hàn líng gǎn.

You are my sunshine and everything.

你是我的陽光、我的一切。

nǐ shì wǒ de yáng guāng, wǒ de yí qiè.

You make me a better man.

妳讓我變得更好。

nǐ ràng wǒ biàn de gèng hǎo.

We are perfect together.

我們是很合適的一對。

wǒ men shì hěn hé shì de yí duì .

You are my friend, my lover and my partner.

你是我的朋友、愛人和伙伴。

nǐ shì wǒ de péng yǒu, ài rén hàn huǒ bàn.

We are always flirting and hugging.

我們時常親熱和擁抱。

wǒ men shí cháng qīn rè hàn yǒng bào.

I feel amazing.

我感到不可思議。

wǒ gǎn dào bù kě sī yì.

Love isn't love till you give it away.

如果你不付出，愛不會是愛。

rú guǒ nǐ bú fù chū, ài bú huì shì ài.

We are most alive when we are in love.

當我們戀愛的時候，是我們活著最棒的時候。

dāng wǒ men liàn ài de shí hòu, shì wǒ men huó zhe zuì bàng
de shí hòu.

This is my love for you.

這是我給妳的愛。

zhè shì wǒ gěi nǐ de ài.

The best proof of love is trust.

愛的最好證明就是信任。

ài de zuì hǎo zhèng míng jiù shì xìn rèn.

You are mine for life.

這一生你是我的了。

zhè yì shēng nǐ shì wǒ de le.

You can't get away from me.

你離不開我了。

nǐ lí bù kāi wǒ le.

We can start a life together.

我們可以一起生活。

wǒ men kě yǐ yì qǐ shēng huó.

I want to spend my life with you.

我想要和你共度一生。

wǒ xiǎng yào hàn nǐ gòng dù yì shēng.

It's a promise.

這是個承諾。

zhè shì ge chéng nuò.

Would you marry me?

妳可以嫁給我嗎？

nǐ kě yǐ jià gěi wǒ ma?

I will love you till the end!

我會愛你直到永遠！

wǒ huì ài nǐ zhí dào yǒng yuǎn!

44. LOVE NOTES　愛的小語

Life won't mean a thing without you loving me.
如果沒有你的愛，生命不會有任何意義。
rú guǒ méi yǒu nǐ de ài, shēng mìng bú huì yǒu rèn hé yì yì.

Don't ever doubt your trust in me. I will give you all my heart.
永遠不要懷疑你對我的信任。我會給你我的心。
yǒng yuǎn bú yào huái yí nǐ duì wǒ de xìn rèn. wǒ huì gěi nǐ
wǒ de xīn.

You may be out of my reach, but never out of my heart.
你可能不在我身邊，但一直都在我心裡。
nǐ kě néng bú zài wǒ shēn biān, dàn yì zhí dōu zài wǒ xīn lǐ.

I may mean nothing to you, but you'll always be special to me.
我可能對你來說什麼都不是，但你永遠是我心目中最特別
的人。
wǒ kě néng duì nǐ lái shuō shén me dōu bú shì, dàn nǐ yǒng
yuǎn shì wǒ xīn mù zhōng zuì tè bié de rén.

A day without you is a day without life.
一天沒有你，就像是一天沒有了生命的氣息。
yì tiān méi yǒu nǐ, jiù xiàng shì yì tiān méi yǒu le
shēng mìng de qì xí.

Just had to let you know, you're the best! I love you!

只想讓你知道，你是最好的！我愛你！

zhǐ xiǎng ràng nǐ zhī dào, nǐ shì zuì hǎo de! wǒ ài nǐ!

Loving you has been the best thing that ever happen to me!

愛你是發生在我身上最棒的事！

ài nǐ shì fā shēng zài wǒ shēn shàng zuì bàng de shì!

I will love you until my heart stops beating.

我會一直愛你，直到我的心停止跳動。

wǒ huì yì zhí ài nǐ, zhí dào wǒ de xīn tíng zhǐ tiào dòng.

Being in love is the most wonderful and amazing feeling on this earth.

愛上一個人是這世上最美、最不可思議的感覺。

ài shàng yí ge rén shì zhè shì shàng zuì měi, zuì bù kě sī yì de gǎn jué.

I know how lucky I am to have you in my life.

我知道我是多麼幸運，因為我有你在我生命中。

wǒ zhī dào wǒ shì duó me xìng yùn, yīn wèi wǒ yǒu nǐ zài wǒ shēng mìng zhōng.

You are the one I want to grow old with.

你就是我的真愛，我要和你一起變老。

nǐ jiù shì wǒ de zhēn ài, wǒ yào hàn nǐ yì qǐ biàn lǎo.

Don't wait till it's too late to tell someone how much you love them.

別等到一切太晚時，才告訴他你有多麼愛他。

bié děng dào yí qiè tài wǎn shí, cái gào sù tā nǐ yǒu duó me ài tā.

Thanks for being a part of my life. It could not have been better than this.

謝謝你來到我的生命裡，沒有什麼比這個更好。

xiè xie nǐ lái dào wǒ de shēng mìng lǐ, méi yǒu shén me bǐ zhè ge gèng hǎo.

Having you in my life has given a true meaning to my existence.

有你在我人生中，給了我真正存在的意義。

yǒu nǐ zài wǒ rén shēng zhōng, gěi le wǒ zhēn zhèng cún zài de yì yì.

You are the one for me.

你是我的唯一。 / 你就是我的真愛。

nǐ shì wǒ de wéi yī. / nǐ jiù shì wǒ de zhēn ài.

Money can not buy you true love.

真愛無價。

zhēn ài wú jià.

We'll never be apart for no matter what life brings us because you're always in my heart.

不管人生如何，我們永不分開，因為你已永遠在我心中。

bù guǎn rén shēng rú hé, wǒ men yǒng bù fēn kāi, yīn wèi nǐ yǐ yǒng yuǎn zài wǒ xīn zhōng.

Love is happiness. Love is priceless.

愛是快樂的。愛是無價的。

ài shì kuài lè de. ài shì wú jià de.

I believe everyone will find their true love. It just takes time, so don't rush it.

我相信每個人都會遇上真愛，但它需要時間，所以不用急。

wǒ xiāng xìn měi ge rén dōu huì yù shàng zhēn ài, dàn tā xū yào shí jiān, suǒ yǐ bú yòng jí.

True love begins when nothing is looked for in return.

真愛開始在當你不求任何回報時。

zhēn ài kāi shǐ zài dāng nǐ bù qiú rèn hé huí bào shí.

When I say I love you forever, believe me. I'll never leave you.

當我說我會永遠愛你，相信我。我永遠不會離開你。

dāng wǒ shuō wǒ huì yǒng yuǎn ài nǐ, xiāng xìn wǒ. wǒ yǒng yuǎn bú huì lí kāi nǐ.

Every time you are hurt, I am hurt, too, because that's what love is for.

每一次你痛，我也痛，因為那就是愛。

měi yí cì nǐ tòng, wǒ yě tòng, yīn wèi nà jiù shì ài.

I wish I could be with you every night, watch you fall asleep and kiss you goodnight.

我希望可以每晚和你在一起，看著你睡著和給你一個晚安的吻。

wǒ xī wàng kě yǐ měi wǎn hàn nǐ zài yì qǐ, kàn zhe nǐ shuì zháo hàn gěi nǐ yí ge wǎn ān de wěn.

You are the reason why I smile, even at the saddest part of my life.

在我人生最失意的時候，你是讓我微笑的唯一理由。

zài wǒ rén shēng zuì shī yì de shí hòu, nǐ shì ràng wǒ wéi xiào de wéi yī lǐ yóu.

I want to be with you forever so that I can love you in a way that no one else can.

我想永遠和你在一起，因為沒人可以愛你像我愛你那樣多。

wǒ xiǎng yǒng yuǎn hàn nǐ zài yì qǐ, yīn wèi méi rén kě yǐ ài nǐ xiàng wǒ ài nǐ nà yàng duō.

They say that as long as there is one person loving you, life isn't a waste.

人們說只要有一個人愛著你，那麼人生就沒有白費了。

rén men shuō zhǐ yào yǒu yí ge rén ài zhe nǐ, nà me rén shēng jiù méi yǒu bái fèi le.

Whatever you do, I will walk with you. Hoping that your every dream will/would come true!

無論你做什麼，我都要和你一起。希望你的每個夢想都能實現！

wú lùn nǐ zuò shén me, wǒ dōu yào hàn nǐ yì qǐ. xī wàng nǐ de měi ge mèng xiǎng dōu néng shí xiàn!

I love you because you're always there to catch me when I fall, there to listen when I need you, there when I feel alone.

我愛你。因為當我跌倒時，你總在那裡扶持我；當我需要你時，你聽我說；當我寂寞時，你在那裡陪我。

wǒ ài nǐ. yīn wèi dāng wǒ dié dǎo shí, nǐ zǒng zài nà lǐ fú chí wǒ; dāng wǒ xū yào nǐ shí, nǐ tīng wǒ shuō; dāng wǒ jí mò shí, nǐ zài nà lǐ péi wǒ.

They say you only fall in love once, it can't be true. Everytime I look at you, I fall in love all over again.

有人說一生中只會愛上一次，但這不會是真的，因為我每次看你，都重新又愛上你一次。

yǒu rén shuō yì shēng zhōng zhǐ huì ài shàng yí cì,dàn zhè bú huì shì zhēn de, yīn wèi wǒ měi cì kàn nǐ, dōu chóng xīn yòu ài shàng nǐ yí cì.

Sometimes the best things in life are worth waiting for. So wait for me, I will be right back.
人生最好的事是值得等待的。所以等我，我一定會再回來。
rén shēng zuì hǎo de shì shì zhí de děng dài de. suǒ yǐ děng wǒ, wǒ yí dìng huì zài huí lái.

When two people are meant for each other, no time is too long, no distance is too far and no one can ever tear them apart.
當倆人註定要在一起，沒有太長的時間，沒有太遠的距離，沒有可以拆散他們的人。
dāng liǎng rén zhù dìng yào zài yì qǐ, méi yǒu tài cháng de shí jiān, méi yǒu tài yuǎn de jù lí, méi yǒu kě yǐ chāi sàn tā men de rén.

A great love song is a key for opening up the heart and soul.
好的情歌像一把鑰匙，開啟您的心和靈。
hǎo de qíng gē xiàng yì bǎ yào shi, kāi qǐ nín de xīn hàn líng.

I hope DATING ABC has changed
your life in a special way.

我希望這本書 DATING ABC 以
特殊的方式改變了您的生活。

國家圖書館出版品預行編目 (CIP) 資料

約會美語生活會話 DATING ABC / Merry Lu 作 . --

初版 . -- 臺中市 : 鑫富樂文教 , 2013.06

面 ; 公分

ISBN 978-986-88679-2-5 (平裝)

1. 英語 2. 會話

805.188   102009317

約會美語生活會話
DATING ABC

作者：Merry Lu
審訂：廖勇誠、林大田
美術設計：楊易達

發行人：林淑鈺
出版發行：鑫富樂文教事業有限公司
地址：台中市南區南陽街 77 號 1 樓
電話：(04)2260-9293
傳真：(04)2260-7762
總經銷：紅螞蟻圖書有限公司
地址：114 台北市內湖區舊宗路二段 121 巷 19 號
電話：(02)2795-3656
傳真：(02)2795-4100

2013 年 6 月 21 日 初版一刷
定　價◎新台幣 280 元
（缺頁或破損的書，請寄回更換）

ISBN 978-986-88679-2-5
公司網站：www.happybookp.com
回饋意見：joycelin@happybookp.com